S랭크 모험가인 내 딸들은 심각한 파더콤이었습니다

2

S 랭크 모험가인

내 딸들은

파더콤이

심각한

2

이었습니다

토모바시 카메츠
ⅡI.노조미 츠바메

S NOVEL+

# CONTENTS

Illustration. 노조미 치바메

# 제1화

지금도 가끔 그때 그 광경이 꿈속에 나오곤 한다.

검을 쓰면 검성(劍聖)이란 소리를 들었고, 마법을 쓰면 현자라고 불렸던 열일곱 살 시절의 나.

틀림없이 사상 최연소 S랭크 모험가가 될 거라는 평판이 자자했었다.

그리고 그 자만심이 화근이 되었다.

모험가로서 파티에 속해 있었는데도, 동료들이 출동할 수 없는 상황이란 이유로 나는 혼자 와이번 토벌 임무를 수행하러 갔다.

나 혼자서도 충분하다고 생각했다.

결과적으로 와이번 토벌 자체는 성공했다. 그러나 그 전투가 길어지는 바람에, 깊숙한 화산 속에 잠들어 있던 에인션트 드래곤을 깨우고 말았다.

그때부터 종일 사투를 벌였지만 결국 에인션트 드래곤을 놓쳐버렸고, 그 녀석은 산기슭에 있는 마을을 업화(業火)로 완전히 불태워버렸다.

초목이 푸르렀던 마을이 시커먼 숯덩이로 변했다.

건물의 잔해와 인간의 시신을 잡아먹으면서 활활 타오르는 화염. 코가 마비될 정도로 지독한 시체 냄새. 모든 것이 철저히 유린당한 광경이 그야말로 지옥 같았다.

나는 자신의 무력함을 깨닫고 좌절하여 그 자리에 털썩 주저앉

앗다. 그대로 절망의 구렁텅이에 빠질 뻔했는데, 그때 내 귀에 무언가가 들려왔다. 폭발하는 화염 속에서 희미하게 들려오는 울음소리였다.

그 소리를 찾아가서 겹겹이 쌓인 잔해들을 치웠다. 그랬더니 그 틈새에서 아기 셋이 서로 꼭 붙어 몸을 웅크린 채 정신없이 울고 있었다.

아아, 다행이다. 그래도 이 아이들은 살아남았구나.

지옥에 드리워진 한 가닥 희망의 실을 붙잡는 심정으로 그 아기들을 품에 안았다.

적어도 이 아이들은 반드시 지키겠다. 그렇게 결심했다.

바로 그때였다. 거대한 그림자가 나를 뒤덮었다. 그쪽을 돌아보자, 그곳에는 아까 떠나갔던 에인션트 드래곤이 자리 잡고 있었다.

『저 소녀들은 본디──태어나면 안 되는 자들이었다.』

듣기만 해도 불쾌해지는 쉰 소리였다.

『언젠가 저절로 알게 될 것이다. 이 세계에서 계속 살아가는 한. 저 소녀들에게 평화가 찾아오지는 않을 것이다.』

그놈이 그렇게 말을 맺었을 때. 나는 이변을 눈치챘다.

내가 품에 안았던 세 명의 아기들. 좀 전까지는 필사적으로 울던 그 아이들이 지금은 마치 쥐 죽은 듯이 조용했다.

불안해져서 조심조심 품속을 내려다봤다. 그러자 그 건강한 연분홍색 피부는 어느새 검게 타버렸고, 세 명의 아이들은 모두 다 아무 말도 못 하는 시체로 변해 있었다.

텅 비어버린 세 사람의 눈구멍이 일제히 나를 쳐다봤다. 어둠이 농축된 그 눈은 마치 나의 무력함을 비난하는 것 같았다.

그들은 원망하는 말투로 이야기했다.

『아빠만 없었으면, 일이 이렇게 되진 않았을 거야. 우리는 진짜 엄마 아빠와 함께 행복하게 살았을 텐데…….』

"으아아아아아아아아아아악?!"

☆

나는 절규와 함께 벌떡 일어났다. 눈을 뜬 곳은 잿더미가 되어버린 마을이 아니었다.

창문을 통해 들어오는 아침 햇살이 이부자리 위로 쏟아지고 있었다. 시체 냄새와는 전혀 다른 향긋한 냄새가 콧구멍을 가득 채웠다.

보니까 부엌에 누군가가 서 있었다. 곱게 땋은 갈색 머리카락을 어깨 위로 늘어뜨린 둘째 딸 안나였다. 손에 든 국자로 냄비의 내용물을 빙글빙글 휘젓고 있었다.

"어머? 아빠, 일어났어?"

앞치마 차림의 안나가 이쪽으로 고개를 돌리더니 나를 보고 말했다.

"아, 안나……."

11

"별일이네. 아빠가 늦잠을 자다니."

벽에 걸린 시계를 봤다. 벌써 아침 일곱 시가 넘었다.

평소 같으면 휴일이어도 이미 일어났을 시간대였다. 평일이라면 더더욱 그렇고. 내가 진짜로 늦잠을 자버렸나 보다.

"미안. 나 때문에 네가 아침밥을 만들었구나."

"아냐, 평소에는 늘 아빠가 만들어주잖아. 가끔은 내가 해도 돼."

그렇게 말하더니 안나는 국자로 뜬 수프의 맛을 봤다. 오, 맛있다! 하고 만족스러운 표정을 지으며 고개를 끄덕거렸다.

"후후후. 이건 자신 있는 요리거든? 기대해."

"아버님. 괜찮으세요? 가위눌리시는 것 같았는데요."

머리맡에는 첫째 딸 엘자가 있었다. 걱정스러운 얼굴로 나를 쳐다보면서. 이 왕도의 기사단장인 엘자는 은빛 갑옷을 입고 있었다.

아침 훈련을 마치고 샤워를 했는지, 머리카락에서 샴푸 향기가 났다. 우울했던 내 기분이 조금 나아졌다.

"악몽을 꿨어."

"악몽이라고요?"

"응, 과거의 기억."

"틀림없이 피곤하셔서 그런 걸 거예요. 아버님은 최근에 쉬지 않고 열심히 일하셨잖아요."

"기사단 교관, 모험가 활동, 마법 학교 시간 강사, 공주님의 가정교사. 아무리 아빠가 대단해도, 직업을 네 개나 가지고 있으면 지치는 게 당연하잖아?"

그러면서 안나가 쓴웃음을 지었다.

"가끔은 휴가를 내고 푹 쉬어야 해. 알았지?"

"난 내가 아직도 젊은 줄 알았는데, 역시 나이를 먹었나."

그 말을 입 밖에 내자, 갑자기 세월의 무게가 온몸을 덮치는 듯한 느낌이 들었다.

"아 참, 메릴은 어디 있니? 안 보이는데. 먼저 학교에 갔어?"

"그랬다면 참 좋았을 텐데."

안나가 질렸다는 듯이 어깨를 으쓱하며 말했다.

"아빠가 늦잠을 자도, 그 애는 그보다 한술 더 뜬단 말이지."

"아버님. 메릴은 아버님의 침상에 몰래 들어가 있습니다."

엘자가 손가락으로 가리킨 곳── 내가 덮고 자던 이불을 들춰보자, 그곳에는 실오라기 하나 안 걸친 메릴이 몸을 웅크린 채 새근새근 잠들어 있었다.

얼룩 하나 없는 매끄러운 신체.

그 옆에는 아무렇게나 벗어둔 잠옷이 있었다.

"……메릴, 왜 옷을 안 입고 있어?"

"잘 때는 이러는 게 더 편하거든──. 게다가 덥잖아?"

"……저기, 너는 다 큰 처녀잖아. 좀 더 조신하게 행동하는 게 좋지 않을까? 메릴, 나는 너의 장래가 걱정된다."

"아── 괜찮아. 나는 장래에도 여전히 아빠와 함께 있을 거니까."

"그게 걱정된다는 거야. 영원히 부모한테서 독립을 못 하면 어떡해? 그럼 안 되잖아. 언젠가는 자립해야 한다고. 알겠어?"

"그럼 나랑 아빠가 결혼하면 되잖아? 그러면 부모 자식이 아니라 남편과 아내가 되는 거니까, 아무 문제 없어──!"

"아니, 부모 자식이 결혼하는 게 훨씬 더 큰 문제잖아!"

"어휴, 괜찮다니까──. 나랑 아빠는 혈연관계도 아니잖아──. 그러니까 결혼도 되고, 아이를 낳을 수도 있어──!"

"…………."

그렇다──.

나와 이 세 딸은 혈연관계로 맺어진 사이가 아니다. 양아버지와 양녀들이다.

이 아이들이 그 사실을 알게 되면 충격을 받을지도 모른다는 이유로 나는 그동안 쭉 그것을 비밀로 해왔는데, 얼마 전에 마침내 고백하게 되었다.

딸들은 당황했지만 그래도 그 사실을 받아들였다. 혈연관계가 아니어도 우리가 가족이란 사실은 변함이 없다고 했다. 참고로 메릴은 혈연관계가 아니란 사실을 알고 '오히려 잘됐다!'라고 생각하는 듯했다.

"아── 알았어. 헛소리는 이제 그만해. 아침밥이 다 됐으니까 어서 일어나. 그러다가 마법 학교에도 지각한다?"

안나가 허리에 손을 대고 메릴을 재촉했다.

"그리고 빨리 옷이나 입어."

"치, 알았어……."

메릴은 내키지 않는 것처럼 일어났다.

우리는 식탁을 에워싸고 앉았다. 그리고 안나가 만들어준 아침밥 앞에서 입맛을 다셨다. 두 손 모아 "잘 먹겠습니다" 하고 감사 인사를 한 다음에 식사를 시작했다.

"어때?"

"응. 맛있어. 안나, 이제는 요리를 제법 잘하는구나."

"후후. 고마워. 물론 아직은 아빠만큼 잘하진 못하지만."

"한 그릇 더 먹고 싶은데요. 괜찮을까요?"

"응, 괜찮아. 아직 많이 남았어. 마음껏 먹어. 특히 엘자. 당신은 몸이 재산인 직업이잖아. 그러니까 잘 먹어야 해."

"네, 감사합니다."

"있잖아ー. 아빠ー. 나 아ー 할게, 먹여줘ー♪ 먹여줘ー♪"

"어휴. 넌 진짜. 하는 수 없지……."

"아이참, 아빠. 아빠는 왜 그렇게 메릴의 어리광을 다 받아줘?"

"에헤헤ー. 그건 어쩔 수 없는 거야ーー. 아빠는 나를 무지무지 사랑하거든. 나도 아빠를 무지무지 사랑하지만ーー."

"……윽. 어리광 잘 부리는 메릴의 능력은 저도 배워야겠어요. 하지만 그렇게 연약한 행동을 하는 것은……."

"물론 나는 메릴을 사랑하지만, 그만큼 엘자와 안나도 사랑해."

내가 그렇게 말한 순간, 갑자기 분위기가 얼어붙었다.

엘자와 안나는 깜짝 놀란 표정을 짓고 있었다.

"응? 뭐야, 왜 그래?"

"아, 아뇨, 그게······!"

"가, 갑자기 왜 그러는 거야? 아빠. 깜짝 놀랐잖아."

뜬금없이 사랑한다는 말을 들어서 당황했나 보다.

하긴, 평소에는 대놓고 그런 말을 한 적이 별로 없었지.

왜냐하면 나나 상대나 서로 부끄러워지니까.

하지만.

"생각은 말로 표현하지 않으면, 상대에게 전해지지 않잖아?"

사랑하는 딸들과 함께 보내는 아침은 더없이 행복한 시간이었다.

그러므로 나는 이 행복을 끝까지 지켜야 한다. 이 한 몸 바쳐서라도, 우리 딸들을 위협하는 존재를 물리칠 것이다.

나는 안나가 손수 만든 음식을 먹으면서 그런 생각을 했다.

# 제2화

몸의 정중선* 앞으로 검을 들었다.

그 칼끝으로 눈앞에 있는 마물──골렘을 겨눴다.

이 지역에 만연한 장기(瘴氣)에 노출되어 파괴 의지가 깃든 바위 인형. 몸뚱이가 어찌나 거대한지, 고개를 확 젖히지 않으면 전체를 보기 어려울 정도였다.

뛰어난 공격력과 방어력을 겸비한 실력파.

머리에 달린 눈은 침입자인 나를 향해 순수한 살기의 빛을 발하고 있었다.

──도시 주변의 언덕에 출현한 골렘을 해치워 달라.

그게 이번에 내가 모험가 길드에서 받은 C랭크 토벌 임무였다.

본디 나는 모험가 업계에서 은퇴한 몸이었다.

그러나.

『실은 지금 인력이 부족해서. 아빠 말고는 토벌하러 갈 만한 모험가가 없어. 그러니까 아빠한테 부탁하고 싶은데, 그래도 돼?』

길드 마스터 안나가 그렇게 부탁하니 거절할 수 없었다. 게다가 골렘을 그냥 내버려 두면 도시 주민들이 피해를 받을 것이다.

"난 저녁을 준비하러 가야 하거든. 그래서 빨리 끝내야 해."

적당히 거리를 두고 골렘과 대치했다.

『크워어어어어어어!』

---

*신체의 앞뒷면 중앙을 수직으로 가르는 선

골렘은 거대한 덩치에 어울리지 않게 빠른 속도로 달리기 시작했다.

오른팔을 확 치켜들었다.

최소한 몇 톤은 되어 보이는 체중을 실어서, 마치 해머와도 같은 일격 필살의 주먹을 휘둘러 내 정수리를 가격하려고 했다.

나는 똑바로 점프해서 그 공격을 피했다.

조금 전까지 서 있었던 땅바닥에 깊은 구멍이 뚫렸다.

저게 명중했으면 나는 즉사했을 것이다.

허공에서 제대로 몸을 가누지 못하는 나를 골렘의 무기질적인 눈동자가 포착했다. 그리고 방금 휘둘렀던 팔 말고 반대쪽 팔로 어퍼컷을 날렸다.

휭! 하고 대기를 가르는 주먹.

"쳇! 바위 인형 주제에 똑똑하게 싸우는군!"

나는 검을 든 손 말고 반대쪽 손을 쫙 펴고 바람 마법을 발동시켰다. 휘몰아치는 바람의 풍압으로 내 몸의 위치를 바꿨다.

골렘의 어퍼컷이 허공을 갈랐다.

나는 무방비해진 골렘의 팔뚝을 향해 검을 휘둘렀다.

내가 바닥에 착지하자, 거의 동시에 잘려 나간 골렘의 팔이 뚝 떨어졌다. 나는 즉시 용수철 튕기듯이 몸을 홱 돌렸다.

한쪽 팔을 잃어버린 골렘은 당황한 것처럼 그 자리에 우두커니 서 있었다. 몸의 무게가 달라져서 균형을 잃은 것 같았다.

지금이 기회다!

나는 정면에서 골렘의 품속으로 뛰어들어 날카로운 일격을 가했다.

칼끝이 부드럽게 돌덩이 육체를 갈랐다.

골렘의 몸이 비스듬히 두 동강 났다. 그놈의 심장 부분에 박혀 있는 마력의 핵을 절단하는 데 성공했다.

『크워어어어어어어!』

단말마의 비명을 지르면서 산산이 부서지는 골렘.

나는 발밑에 흩어진 돌의 잔해에서 마력 반응이 느껴지지 않는 것을 확인한 후, 검을 칼집에 집어넣었다.

휴 하고 숨을 쉬었다. 어깻죽지를 누르면서 고개를 빙글 돌렸다. 뚝뚝 소리가 났다.

"이거 안 되겠네. 고작 골렘을 상대하는 데 이렇게 시간이 걸리다니. 옛날의 나 같았으면 첫 공격으로 끝냈을 텐데. 역시 나이가 든 건가……?"

세월 앞에서는 어쩔 수 없다?

……아니, 이건 그런 게 아닐 것이다. 그 시절의 나는 긴장감이 넘쳤었다. 기필코 S랭크 모험가가 되겠다는 무시무시한 기백이 있었다.

그렇기에 보다 뛰어난 실력을 발휘할 수 있었다.

젊은이 특유의 '나는 만능이다!'라는 자신감이 넘쳐흘렀다.

그러나 지금은 그 시절의 절박한 느낌이 없었다.

"응, 요컨대 나이를 먹어서 그렇다는 거군."

나는 씁쓸하게 웃으며 결론을 내렸다. 그리고 언덕 위에서 왕도를 내려다봤다. 산의 능선에서 흘러나온 저녁 햇살의 붉은빛이 왕도를 감싸고 있었다.

저곳에서는 지금도 인간이 살아가고 있다.

"자, 그럼 슬슬 돌아갈까. 저녁 준비를 해야 하니까."

모험가 길드의 문을 지나자 입구 근처에 있던 접수원이 나를 발견했다.

부드럽게 물결치는 선명한 금빛 머리카락. 멋지고 세련된 외모. 그 여자는 안나의 부하인 모니카였다.

"앗! 카이젤 씨, 벌써 돌아왔어요?!"

모니카는 품에 끌어안고 있던 서류를 던져버리고 내 곁으로 다가왔다.

"골렘은 무사히 해치웠나요?"

"응. 이게 그 증거야."

나는 내 소지품인 가죽 주머니에서 골렘의 핵을 꺼냈다. 둘로 쪼개진 핵은 흐릿하게 빛나고 있었다.

"으음······!"

"응? 뭐야, 왜 그렇게 표정이 심각해?"

"골렘은 C랭크 마물이잖아요? 그걸 이렇게 단시간 내에 토벌하는 게 과연 가능한 일일까요?"

"뭐야, 나를 의심하는 거야? 내가 허위 보고라도 할까 봐?"

"그런 의도로 한 말은 아니지만요. 명탐정 모니카는 의문을 품었다, 이겁니다."

"아니, 그게 그거잖아, 결국."

나는 쓴웃음을 지었다.

"이 골렘의 핵으로는 토벌 증거가 될 수는 없어?"

"네, 어쩌면 행상인한테 돈 주고 사 온 걸지도 모르니까요!"

"골렘의 핵처럼 쓸모없는 물건을 파는 사람은 없을 것 같은데. 게다가 내가 허위 보고를 해봤자 금방 들키지 않을까?"

"맞아, 모니카. 아빠가 그런 무의미한 거짓말을 할 리가 없잖아?"

안나가 모니카의 등 뒤에서 등장했다.

"아, 안나 씨?!"

"아빠. 어서 와. 일찍 돌아왔네?"

"저녁 준비를 해야 하니까. 그런데 나도 이제는 약해졌나 봐. 골렘을 토벌하는 데 이렇게 시간이 걸릴 줄은 몰랐어."

"시간이 걸렸다고요? 오히려 너무 빠른데요?"

"모니카. 우리 아빠는 젊은 시절에는 신동이었어. 틀림없이 사상 최연소 S랭크 모험가가 될 거라고 소문이 났었다고 해."

"뭐라고요?! 카이젤 씨, 그렇게 엄청난 사람이었어요?!"

"다 옛날 일이야."

"저는 전혀 몰랐어요! 나 참, 말을 해주시지——."

"내 입으로 그런 걸 말하라고? 스스로 말하면 너무 한심해 보이지 않아? 젊은 시절의 무용담을 줄줄 늘어놓는 아저씨 같잖아?"

평생 과거의 자신에게서 벗어나지 못하는 아저씨가 되고 싶지는 않았다.

……그런데 모니카는 나란 인간을 전혀 모르는 걸까? 영광스러운 부분뿐만 아니라 어두운 부분──에인션트 드래곤을 토벌하지 못하고 명예를 잃어버린 채 거의 왕도에서 추방되다시피 떠나버렸다는 사실조차도?

그냥 모니카가 어려서 모르는 건가? 아니, 하지만 지금까지 왕도에서 만난 사람들은 모두 다 나의 정체를 눈치채지 못했다…….

"그런데 모니카, 아까 부탁했던 서류는 어떻게 됐어? 이유는 몰라도 저기 방치된 것 같은데?"

"흐아악?! 저, 저기, 지금 하려고 했어요!"

"분명히 말해둘게. 그거 다 끝내지 못하면 오늘 퇴근 못 해, 알았지? 당신도 모험가 길드 안에서 아침을 맞이하기는 싫잖아?"

"흐어어억! 네, 네, 열심히 할게요──!"

모니카는 허둥지둥 서류를 긁어모아서 저 안쪽으로 들어갔다. 언제 봐도 참 부산한 아이구나. 왠지 웃음이 나왔다.

"임무 달성 보수는 평소처럼 해줘. 그럼 난 집으로 돌아갈게. 안나, 너도 남은 일 열심히 해."

"아, 맞다. 아빠."

내가 빙글 돌아서자, 안나가 나를 불러 세웠다.

"응? 왜?"

"아까 아빠를 찾는 사람이 길드에 왔었어."

"나를? 아는 사람이야?"

"난 모르는 사람이야. 느닷없이 커다란 검을 접수원에게 겨누면서 '카이젤은 어디 있어?'라고 위압적으로 물어봤어. 임무 수행하러 나갔다고 대답했더니 그냥 조용히 떠나갔는데. 뭔가 심상치 않은 위험한 분위기가 느껴졌어."

안나는 걱정스러운 눈빛으로 나를 쳐다봤다.

"……아마 아빠라면 괜찮다고 생각하지만, 그래도 조심해. 어쩌면 그 사람이 악운을 몰고 올지도 몰라."

"알았어. 알려줘서 고맙다."

……나를 찾는 사람이라고? 안나의 보고를 들어보니 뭔가 좋은 소식을 가져올 사람은 아닌 것 같았다. 충분히 조심하지 않으면 안 될 것이다.

# 제3화

"흠, 좋아. 이제는 그대도 제법 교사 티가 나는구나."

마법 학교의 수업이 끝난 뒤.

교장 마릴린이 교단에 서 있는 나에게 다가와서 그렇게 말했다.

"칭찬 감사합니다."

"학생들에게도 꽤 인기가 많은 것 같은데. 안 그러냐?"

마릴린이 턱을 쓰다듬으며 주위를 힐끗 봤다.

우리 주위에는 수많은 학생이 모여 있었다.

"카이젤 선생님. 질문이 있는데요!"

"저기, 새로 습득한 마법을 봐줬으면 좋겠어!"

"잠깐만! 내가 먼저 선생님께 질문하려고 했단 말이야!"

"흠, 그래. 교사와 학생의 거리가 가까운 것은 바람직하지."

일제히 나에게 적극적으로 말을 거는 학생들. 그 모습을 본 마릴린이 흡족한 듯이 고개를 끄덕거렸다.

마릴린은 주위에 있는 학생들보다 키가 작았다. 언뜻 보면 평범한 어린 소녀 같았다. 그러나 그 노련한 말투에서는 교장다운 위엄이 느껴졌다.

"그런데 카이젤. 학생은 건드리면 안 돼. 알았지? 하반신이 두뇌를 지배하게 놔두면 안 되는 것이야."

"대체 무슨 말씀을 하시는 겁니까? 안 해요. 그런 짓은."

나와 학생들의 나이 차이가 얼마나 나는지 알기나 하는 건가?

25

이 소녀들은 내 딸인 메릴과 비슷한 나이다.

"네, 맞아요. 카이젤 선생님은 성실한 분이십니다. 그런 천박한 짓은 안 해요. 당장 발언을 철회하고 사과하세요."

이레네가 안경을 손가락으로 밀어 올리면서 어처구니없다는 듯이 말했다.

안경이 잘 어울리는 지적 미인인 이레네. 그녀는 이 학교의 교사이자, 나에게 마법 학교 강사가 될 최초의 기회를 준 인물이다.

지금은 교내에서도 유명해진 듯한 내 수업을 견학하려고 와 있었다.

"이레네. 그대는 카이젤을 좀 과하게 옹호하는구나. 혹시 그런 것이냐? 카이젤에게 반한 것이냐?"

"네엣──?! 하, 함부로 그렇게 단정 짓지 마세요! 툭하면 누가 누구한테 반했다 어쨌다 하고 놀리는 것은 천박한 행동입니다!"

"오, 그래. 순진한 처녀가 열심히 떠들어대고 있군"

마릴린은 이레네를 가볍게 무시했다.

"이, 이건 성희롱이에요! 상대가 교장 선생님이어도 간과할 수 없어요! 이쪽도 적절한 대응을 하도록 하겠습니다!"

"분명히 말해두는데 나는 이 학교의 교장이야. 권력자란 말이다. 인사권은 온전히 나에게 있어. 나는 나 자신을 문제 삼지 않는다. 끝. 폐정합니다."

"마, 맙소사──! 이렇게 당당하게 권력을 남용하다니──!"

마릴린의 권력 앞에서 찍소리도 못하게 된 이레네는 분한 나머지 부들부들 떨었지만 더 이상은 아무 말도 할 수 없었다.

"그런데 카이젤. 어째 메릴이 안 보이는 것 같은데?"

그때 노먼이 냉정한 말투로 그렇게 말했다.

이 남자도 나와 마찬가지로 마법 학교의 강사이다. 예전에는 나를 적대시했지만, 회식을 통해 의기투합한 후에는 무사히 화해했다.

"응, 아무래도 오늘 수업을 빠진 것 같아."

"그거 이상하군. 나나 이레네 선생님의 수업은 아무런 죄책감도 없이 빠지지만, 네 수업에는 꼬박꼬박 출석하지 않았나?"

"지금은 연구로 바쁘대. 새로운 마법을 개발하기 위해 연구실에 틀어박혀 있어. 한번 그렇게 되면 한동안 밖으로는 안 나와."

"마법 개발……? 하긴, 메릴이 새로 개발해낸 마법이 많기는 하지. 그런데 이번에는 뭘 연구하는 건가?"

"아마 불로불사를 연구한다고 했던 것 같아."

""불로불사?!""

노먼과 이레네가 동시에 소리를 질렀다.

"불로불사라니, 이전 시대의 마법사들이 수없이 연구를 시도했지만 끝내 결실을 보지 못했던 금단의 마법이잖아?!"

"그게 실현되면 엄청난 일이 일어날 거예요! 불로불사의 연구를 둘러싸고 각국이 전쟁을 벌일지도……!"

"호오—. 재미있군. 그럼 지금부터 미리 메릴에게 잘 보여야겠어. 그러면 나도 영원한 젊음을 손에 넣을 수 있을 테지."

마릴린이 뺨을 손으로 감싸면서 황홀한 것처럼 중얼거렸다.

"평—생 어린 소녀 모습으로 생기발랄하게 살아가는 거야♪"

"아니 뭐, 일단 연구 중이라는 거지, 꼭 성공한다는 보장은 없어요."

나는 그렇게 말했지만, 속으로는 그 연구가 성공하리란 것을 반쯤 확신하고 있었다.

메릴은 남이 시키면 전혀 움직이지 않으려 하지만, 스스로 시작한 일은 성공할 때까지 하는 타입이다.

그런데 만약에 진짜로 성공한다면, 이레네의 말처럼 불로불사의 연구 성과를 빼앗으려고 전쟁을 벌이는 나라가 나타날지도 모른다.

나와 엘자, 메릴이 있으면 대체로 괜찮을 것 같지만······.

그래도 만일에 대비해서 그런 것도 생각해둬야 할지도 모른다.

"······으음?"

화기애애한 그 공간에서 갑자기 마릴린이 눈살을 찌푸렸다.

"교장 선생님, 왜 그러세요? 설마······ 또 쓸데없는 생각을 떠올리신 건가요?"

"아니, 아무래도 누군가가 교내에 침입한 것 같다."

""네?!""

이곳에 모여 있는 모든 사람이 예상외의 한마디에 허를 찔렸다.

"그, 그걸, 어떻게 아셨어요?"

"내가 이 학교 일대에 결계 마법을 걸어 놓았기 때문이지. 정문

이외의 장소로 들어오면 곧장 감지할 수 있다."

"어린아이나 강아지가 실수로 들어온 게 아닐까요?"

"평범한 자들은 결계에 가로막혀 들어오지 못한다. 내 결계를 뚫고 침입했다는 것은, 십중팔구 악의를 가진 자일 거야."

마릴린이 말하자, 단번에 교실 전체에 긴장된 분위기가 감돌았다.

교사들은 험악한 표정을 짓고 있었다.

"침입자의 목적이 뭔지는 몰라도── 이대로 내버려 둘 수는 없어. 교내에 숨어 들어온 쥐새끼를 없애야 해."

마릴린이 우리 강사들의 얼굴을 살펴보면서 말했다.

"이레네, 그대는 교실에 남아 학생들을 보호해라. 카이젤과 노먼은 나와 함께 교내에 침입한 쥐새끼를 찾으러 간다."

"네. 교사로서 학생들은 반드시 목숨 걸고 지키겠습니다."

"흥……. 전통 있는 마법 학교에 침입하다니, 정말 어리석기 짝이 없군. 우리가 나서면 쥐새끼 한두 마리쯤은 무서워할 필요도 없어."

노먼이 그런 말을 했다.

"이봐, 다들 방심은 하지 마라. 내 결계 마법을 깨뜨린 것을 보면, 이 침입자는 분명히 상당한 실력자일 것이다."

# 제4화

마릴린 왈──.

교내에 침입자가 들어왔다는 것은 알 수 있지만, 그가 어디 있
는지는 모른다고 한다. 고로 분담해서 수색하게 되었다.

"무슨 일 있으면 소리를 질러라. 내가 이 학교 전체에 마법 통
신망을 깔아놨으니까. 즉시 도와주러 갈 거다."

"훗……. 그러실 필요 없습니다. 비열한 도둑놈 한두 마리한테
이 노먼이 질 리 없어요."

"노먼, 혹시 스스로 복선을 까는 것이냐?"

"네? 복선이라니, 그게 무슨 말씀이시죠?"

"아니, 됐다. 그저 기우이기를 바랄 뿐이다."

"아무튼 나한테 맡겨. 카이젤, 이번에는 네가 나설 차례는 없을
거다."

의기양양하게 엄지척! 포즈를 취하는 노먼. 그 모습을 보니까
내 마음속에서 불안이 커졌다. 괜찮은 걸까?

"그대들의 무운을 빈다."

마릴린의 그 한마디를 듣고 우리는 뿔뿔이 흩어졌다.

학교 건물 안을 돌아다니면서 수상한 자가 없는지 살펴봤다.
좀 전에 마릴린이 전교생에게 상황을 알리기도 했으므로, 학생들
은 모두 다 자기 반 교실에서 대기하고 있었다.

침입자의 목적은 대체 뭘까?

마법 학교는 지식의 보고이다. 짚이는 것은 얼마든지 있었다.

……뭐, 어차피 그놈을 잡아보면 목적도 알 수 있을 테지만.

그런데 그때.

머릿속에 누군가의 목소리가 울려 퍼졌다.

『노먼입니다. 안뜰에서 침입자로 추정되는 인물을 발견했습니다.』

오. 벌써 침입자를 발견한 건가.

『좋아. 잘했다. 노먼, 한동안 들키지 않도록 조심해서 그놈을 미행해라. 즉시 우리가 도와주러 갈 테니까.』

마릴린이 그렇게 지시했다.

그러나.

『아뇨. 그러실 필요 없습니다.』

『『응?』』

나와 마릴린이 합창하듯이 말했다.

뭐야? 노먼. 왜 저래?

『도둑놈은 일단 한 명인 것 같습니다. 그렇다면 여러분이 나설 필요도 없습니다. 저 혼자서도 충분히 해치울 수 있어요.』

『이놈아, 기다려라! 성급히 굴지 마! 우리가 도와주러 갈 때까지 기다려라!』

『교장 선생님, 저는 최근 카이젤한테 만날 뒤처지는 모습만 보여주고 있습니다. 학생들의 지지도, 이레네 선생님의 호감도 다 빼앗겼다고요. 그러니까 여기서 저 혼자 멋지게 활약할 겁니다.

이 마법 학교에는 노먼이 있다는 사실을 모두에게 보여주고 싶습니다.』

노먼이 열정적인 말투로 이야기했다.

『그러면 학생들은 박수갈채를 보낼 테죠. 이레네 선생님은 나를 다시 볼 테고요. 운이 좋으면 결혼을 전제로 한 연애를 시작할 수도 있어요.』

『이봐, 내 말 듣고 있느냐? 기다리라고 했잖아. 그리고 뭔가 착각을 한 거 같은데, 카이젤이 오기 전부터도 그대에 대한 호감도는 낮았었어.』

『──이레네 선생님. 당신에게 침입자의 머리를 바치겠소. 자, 그럼 갑니다!』

『저기요──. 여보세요? 이 통신 마법은 그대에 한해서는 일방통행인 건가? 내 목소리는 그대에게 들리지 않는 시스템으로 되어 있는 건가?』

『………….』

『………….』

거기서 노먼의 연락은 뚝 끊겼다.

침묵하는 마릴린. 틀림없이 얼빠진 표정을 짓고 있을 것이다. 그녀는 휴 하고 깊은 한숨을 내쉬더니 이렇게 말했다.

『카이젤. 당장 안뜰로 가보자.』

"네, 알겠습니다."

나는 마릴린과의 교신을 마치고 건물 계단을 내려가서 안뜰로 향했다.

　넓은 부지에는 잔디가 쫙 깔려 있었다. 그 초록빛 바다 중앙에는 거대한 나무가 우뚝 솟아 있었다. 그것은 마법사들이 모이는 학교에 가득 차 있는 마력을 흡수하면서 자라난 마법의 나무였다.

　정확히 내가 안뜰에 도착했을 때 마릴린도 나타나서 합류했다.

　"윽. 저건⋯⋯."

　마릴린이 어딘가를 보면서 눈을 가늘게 떴다.

　그 시선이 닿는 곳——마법의 나무 밑에 누군가가 쓰러져 있었다. 엉덩이를 위쪽으로 쑥 빼고 바닥에 엎드린 자세였다. 그 인물은 마법 학교 강사의 제복을 입고 있었다.

　설마——.

　황급히 뛰어가 보니 그 사람은 노먼이었다. 눈이 뒤집힌 채 거품을 물고 있었다. 완전히 기절한 것 같았다.

　마릴린은 가까이 다가가 그의 맥을 짚어봤다. 그리고 나를 쳐다봤다.

　"일단 죽지는 않은 것 같구나."

　마릴린이 중얼거렸다.

　"그런데 이 꼴로 죽었으면 세상에서 제일 꼴사나운 죽음이었을 거다."

　"노먼! 정신 차려! 대체 무슨 일이 있었던 거야?!"

　나는 노먼의 양어깨를 붙잡고 흔들면서 그를 깨우려고 했다.

　"으, 으응⋯⋯."

"거참 답답하구나. 흠, 어디 보자. 나에게 맡겨라"

마릴린이 나를 제지하더니 물 마법으로 노먼의 콧구멍 속에 물을 집어넣기 시작했다.

"어억?! 크헉?! 끄윽?!"

숨을 못 쉬게 된 노먼이 격렬하게 기침을 했다.

"어떠냐. 이게 더 빠르지?"

마릴린이 자랑스러운 표정으로 손가락을 브이 자로 만들면서 말했다.

……좀 더 친절하게 대해주셨으면 좋겠는데요.

"자, 노먼. 이제 상황을 설명해봐라."

"그, 그게…… 침입자에게 덤볐는데, 오히려 역공을 당해서요. 크윽……! 설마 내가 이런 데서 방심할 줄이야……!"

"그대는 항상 방심하면서 살고 있지 않느냐. 우리와 교신하던 시점에서 이미 복선은 깔았어. 이렇게 완벽하게 예상대로 일이 전개되기도 쉽지 않을 텐데."

"노먼. 침입자는 어떤 녀석이었어?"

그런데 노먼의 표정은 어두웠다.

"그, 그게 말이지……. 잘 모르겠다."

"뭐?"

"그 녀석은 환영 마법을 써서 자신의 모습을 안개로 감싸 감추고 있었어. 그래서 그 녀석의 모습은 볼 수 없었다."

"그게 뭔 소리냐. 이 쓸모없는 놈──."

"그런데 노먼을 이렇게 단시간 내에 쓰러뜨렸잖아요? 침입자
는 상당한 실력자일 겁니다. 경계하면서 상대해야 해요."

노먼은 교만해서 툭하면 방심하는 편이지만, 그래도 궁정 마술
사가 됐을 정도로 유능한 남자였다. 그런 그를 쓰러뜨릴 수 있는
자는 많지 않을 것이다.

"그놈이 어디로 갔는지는 모르는 건가."

"아닙니다. 제가 기절할 때 그놈을 봤는데…… 그놈은 특별 교
련 쪽으로 갔습니다. 연구실에 볼일이 있는 걸지도 몰라요."

"연구실? 거긴 메릴이 있는 곳이잖아?!"

메릴은 수업을 빼먹고 불로불사 연구에 몰두하고 있었다.

……침입자가 연구실로 향했다면, 메릴이 위험하다!

"이봐! 카이젤! 기다려라!"

어느새 나는 연구실이 있는 특별 교련 쪽으로 뛰어가고 있었다.
그 뒤를 마릴린이 쫓아왔다.

우리는 특별 교련 건물 안으로 뛰어 들어갔다. 계단을 올라가
서, 메릴이 늘 사용하고 있는 3층 연구실로 똑바로 달려갔다.

연구실 앞에 도착했다.

문짝이 떨어질 정도로 힘차게 문을 열었다.

"메릴! 무사해?!"

연구실 안에는 불이 안 켜져 있었다. 활짝 열린 문을 통해 들어
오는 빛밖에 없어서 안이 어둑어둑했다. 좌우의 벽 쪽에는 거대
한 책장들이 위압적으로 늘어서 있었다.

희미하게 기묘한 냄새가 났다. 내디딘 발의 발바닥이 액체에 닿았다.

찰박. 끈적끈적한 물소리가 울려 퍼졌다.

발밑을 내려다보니, 그 액체는 선명한 붉은색을 띠고 있었다.

"——어?!"

화들짝 놀라 연구실 안쪽을 봤다.

방구석——책상이 놓여 있는 곳에서, 메릴로 추정되는 인간의 모습이 보였다. 그녀는 고개를 푹 숙이고 힘없이 책상 위에 엎드려 있었다.

설마——.

나는 최악의 상황을 상상했다.

아냐, 하지만, 그럴 리가…….

머뭇머뭇 메릴 곁으로 다가갔다.

혹시 만져봤을 때 차가우면 어쩌지……? 그런 걱정을 하면서 기도하는 심정으로, 맨살이 드러난 메릴의 어깨 위에 손을 올렸다.

그 순간, 마치 실 끊어진 꼭두각시 인형처럼 메릴이 맥없이 바닥으로 쓰러졌다.

가슴이 철렁했다.

그러나 그 얼굴을 내려다봤을 때, 저절로 안도의 한숨이 흘러나왔다.

"쿨…… 쿨……."

메릴은 기분 좋은 숨소리를 내면서 자고 있었다.

"뭐야. 그냥 자는 거였어······?"

겉으로 봤을 때는 어디 다치지도 않은 것 같았다.

나는 한숨을 푹 내쉬고 메릴을 흔들어 깨웠다.

"이봐. 메릴. 일어나봐."

"으음? 어, 아빠? 왜?"

메릴은 졸린 눈을 비비면서 질문을 던졌다.

그 모습을 보고 생각했다. 침입자가 여기에는 안 온 걸까?

"실은 누군가가 학교에 몰래 숨어 들어온 것 같아. 그래서 지금 수색 중이거든. 메릴, 넌 혹시 뭔가 아는 거 없어?"

"어—. 그 사람은 아까 여기 왔었는데?"

"뭐?!"

의표를 찔린 나는 큰 소리로 반응했다.

"그게 정말이야?!"

"응. 마법으로 모습을 안 보이게 감추고 있었기 때문에 수상하다—고 생각했어. 게다가 나를 덮치기까지 했거든."

게다가 덮치기까지 했다고?!

"하지만 나는 강하잖아—? 그래서 당장 물리쳤지 ♪ 하지만 그때 약품이 엎어지는 바람에 바닥이 물바다가 됐어."

바닥에 퍼져 있던 액체는 연구에 사용하는 약품이었나 보다.

메릴의 피인 줄 알았는데······.

"그래서 청소하려고 했는데. 어떻게 청소하면 좋을지 몰라서. 아, 일단 좀 쉴까? 하다가 그대로 잠들어버렸어 ♪"

"…………."

음, 그래. 집에서 집안일 같은 것은 안 하니까.

그래도 약품을 방치하는 것은 위험하다는 생각이 들었다.

"앗" 하고 옆에 있는 마릴린이 갑자기 중얼거렸다.

"교장 선생님, 왜 그러세요?"

"방금 결계가 뚫린 것을 감지했다. 아마도 침입자가 밖으로 달아난 것 같아."

메릴이 좀 전에 물리친 상대가 그놈일 것이다.

"그렇다면 그놈의 목표물은 메릴이었던 건가요?"

"어쩌면 메릴의 연구일지도 모르지. 아무튼 메릴을 노렸던 것은 확실해."

"메릴. 침입자는 어떤 녀석이었어? ……아, 아니다. 노먼은 그 녀석이 마법으로 자기 모습을 숨겼다고 증언했었지."

"응? 아냐. 나는 그 모습을 봤어."

"정말?"

"우후후──. 내 마력을 우습게 보지 마. 환영 마법 정도는 가볍게 파괴할 수 있거든?"

"흐음. 과연 현자라고 칭송받을 만한 인물이야. 그래, 그 적은 어떤 모습이었지?"

그것을 알아낸다면 뭔가 단서가 될지도 모른다.

"어─ 그게 말이지. 기억이 안 나."

"뭐?"

"싸우는 동안에도 내내 연구에 관한 생각을 했거든. 그래서 까먹었어♪ 내 머릿속은 우리 아빠랑 마법으로 꽉 차 있으니까."

에헷♪ 하고 혀를 쏙 내밀면서 웃는 메릴.

""………….""

나와 마릴린은 둘 다 어이없어하는 표정을 짓고 있었다.

"그대는 자식에게 사랑받고 있구나."

마릴린이 야유하는 것처럼 중얼거렸다.

결국 침입자에 관해서는 아무것도 알아내지 못했다.

# 제5화

그 후로 며칠 동안은 특별한 일은 없었다.

그날 나는 교관으로서 기사단을 지도하고 있었다.

"이야아압!"

기사단에 소속된 여자──나탈리가 기세 좋게 나에게 덤벼들었다. 망설임이 없는 훌륭한 칼놀림이 내 몸통을 노리고 날아왔다.

나는 그것을 목검으로 받아냈다. 칼자루를 잡은 양손에 묵직한 충격이 느껴졌다.

"하아앗!"

나탈리는 연달아 빠르게 검을 휘둘렀다.

뒤쪽으로 모아 묶은 포니테일 머리카락이 흔들렸다. 땀방울이 흩어졌다.

나탈리가 잠깐 한숨을 돌리자, 나는 그 한순간을 노리고 반격에 나섰다.

"──윽?!"

나탈리는 방어에 전념하려고 했다. 그러나 나는 알고 있었다. 그녀는 용맹하고 과감한 공격을 하지만, 그 대신 방어에 전념하면 약해진다는 사실을.

형세가 역전됐다.

나탈리는 오로지 방어에만 급급해졌는데, 궁지에 몰리자 반격을 하려고 했다. 하지만 그것은 더 큰 빈틈을 드러내는 행위였다.

"자, 이걸로 끝이다!"

"으아아아악?!"

내가 휘두른 목검은 나탈리의 몸통을 정확히 찔렀다.

완벽한 승리의 일격이었다.

나탈리는 기운을 잃은 것처럼 그 자리에 털썩 주저앉았다. 갑옷을 입고 있었으므로 어디 다친 것은 아니었다.

단지 방금 그 일격으로 인해 정신적으로 패배한 것이었다.

"으으윽……. 전혀 상대가 안 되네요."

나탈리는 주먹을 꽉 쥐면서 이를 악물었다.

한편 우리의 시합을 관전하던 기사들은 탄성을 흘렸다.

"과연 카이젤 님은 굉장해. 빈틈이라곤 전혀 없는 완벽한 칼솜씨였어."

"나탈리는 우리 기사단 내에서도 상당한 유망주인데…… 아예 상대가 안 되잖아? 완전히 죽 먹기로 이기던데?"

"그래, 역시 엘자 님이 일격조차 가하지 못했다는 것이 이해돼."

교관으로서 어느 정도 위엄 있는 모습을 보여주는 데 성공한 듯했다.

내가 그들 앞에서 꼴사납게 싸운다면, 지도의 설득력이 사라져버릴 것이다.

"으으. 내가 시합에서 카이젤 씨를 이기면, 엘자 씨가 나한테 홀딱 반할 줄 알았는데……!"

나탈리는 한탄하면서 바닥을 쾅쾅 때렸다.

이 여자는 엘자를 동경하고 있었다. 그 감정은 선망이기도 하고 연모이기도 했다. 그래서 엘자의 동경의 대상인 나를 쓰러뜨림으로써, 엘자가 자신에게 관심을 가지게 하려는 것이었다. 딱히 나탈리를 방해할 마음은 없지만, 굳이 져줄 이유도 없었다.

엘자를 원한다고? 그럼 나를 쓰러뜨리고 빼앗아 가라.

"으아아, 너무 분해애애앳!!"

"아, 그렇게 좌절하지 마. 나탈리는 내가 만든 훈련 스케줄도 악착같이 소화해내고, 소질이 있는 것은 확실하니까."

"소질이 있다는 것은 대등한 상대에게 하는 말이 아닙니다! 아직도 나를 대등한 존재로 봐주지 않는 거군요?"

……아, 하긴.

나탈리의 말이 옳았다. 소질이 있다는 것은 완전히 위에서 내려다보는 말투였다. 라이벌이라고 생각하는 상대에게 하는 말은 아니었다.

"저기, 미안해" 하고 나는 나탈리에게 말을 걸었다. 나탈리는 고개를 들었다. 나는 울상이 된 그녀를 보고 쓴웃음을 지으며 말했다.

"솔직히 말해서 우리가 대등하다고 생각한 적은 없었어."

"굳이 그걸 또 말해줄 필요는 없잖아요?!"

나탈리는 얼굴이 새빨개지면서 벌컥 화를 냈다.

"아니 뭐, 만약에 우리가 치열한 시합을 벌이더라도 정작 중요한 엘자는 지금 여기에 없잖아? 그러니까 오늘은 싸움을 그만두자, 응?"

엘자는 현재 시내를 순찰하느라 자리를 비웠다.

나탈리로서는 자신의 멋진 모습을 보여주고 싶은 상대가 부재 중이었다.

그나저나 기사단장이 직접 순찰을 나가다니. 참 감탄스러웠다. 보통은 그런 업무는 부하에게 전적으로 맡겨버릴 텐데.

도시 주민들과 가까운 존재가 되고 싶어서 그러는 것이리라.

그런데 그때.

우리 주위를 둘러싸고 있던 기사들이 술렁거리기 시작했다.

"에, 엘자 단장님……?!"

"무슨 일입니까?!"

엘자가 순찰을 마치고 돌아온 것 같았다.

그런데 이상하게 기사들이 동요하고 있었다.

──무슨 일이라도 있나?

나는 기사들이 쳐다보는 곳을 덩달아 봤다. 그 순간 자신의 눈을 의심했다.

"엘자……?!"

괴로운 표정을 짓고 있는 엘자는 다친 상태였다.

몸에 걸친 반짝반짝한 은빛 갑옷에는 흙이 묻어 있었다.

힘든 것처럼 왼쪽 어깨를 누르고 있었다.

특히 엘자의 손에 들린 검이 문제였다. 그것은 위쪽 절반이 뚝 부러져 있었다.

"에, 엘자. 어떻게 된 거야?!"

내가 물어봤다.

그러자 엘자는 난처한 표정을 지으면서 이야기했다.

"순찰 도중에 갑자기 누가 말을 걸었습니다. '네가 카이젤의 딸이냐?'라고. 제가 그렇다고 대답했더니, 그 사람이 저에게 칼을 들이댔습니다."

"그래서 싸웠어?"

"……네."

"그런데 엘자의 검이 부러지다니……. 혹시 방심하다가 실수한 거야?"

엘자는 여전히 떨떠름한 얼굴로 고개를 옆으로 흔들었다.

"아뇨, 방심하지는 않았습니다. 정면으로 정정당당하게 맞붙어 싸웠습니다. 그 결과──저는 패배하고 말았습니다."

"""?!"""

엘자의 말에 기사단 사람들이 일제히 깜짝 놀랐다.

"엘자 단장님이 패배했다고……?!"

"말도 안 돼. 단장님은 기사단 멤버이고, S랭크 모험가이잖아?! 지금까지 단장님이 누구한테 지는 것은 본 적이 없어!"

"그런 녀석이 이 도시에 숨어 들어왔다고……?!"

"엘자. 우선 네가 무사해서 다행이다."

나는 그렇게 말했다. 살아 있어서 다행이었다.

"상대는 제 목숨을 앗아갈 마음은 없는 것 같았습니다. 검이 부러져서 승패가 결정 난 순간, 상대의 적의가 사라졌습니다."

엘자는 그때 그 광경을 떠올리면서 중얼거렸다.

"상대는 이렇게 말했습니다. '흥, 결국 이 정도인가'라고. 이어서 검을 거두더니 저에게 전언을 부탁하고 떠나갔습니다."

"전언이라고?"

엘자는 고개를 끄덕였다.

"여기서 있었던 일을 전부 다 카이젤에게 알려라. 그렇게 말했습니다."

"······!"

엘자를 습격한 악당의 목적은 나란 말인가?

그러고 보니 안나도 그런 말을 했었다. 모험가 길드에 나를 찾으러 온 사람이 있었다고. 그 녀석도 접수원에게 검을 겨눴다고 했다.

──그렇다면 마법 학교에 숨어 들어온 침입자도 그놈인가?

진짜인지 아닌지는 몰라도, 한번 그 녀석과 접촉해볼 필요는 있을 것이다.

# 제6화

돌바닥을 두드리는 수많은 신발 바닥. 끊임없이 흘러 들어오는 떠들썩한 대화. 수많은 소리가 스콜처럼 내 고막을 때렸다.

각자 다른 목적지를 향해 이리저리 오가는 사람들.

그들 사이에서 나는 신경을 곤두세운 채 걷고 있었다. 감각을 예민하게 하여, 아주 약간의 위화감도 놓치지 않고 알아내기 위해 주의를 기울였다.

이튿날. 나는 직접 순찰을 나갔다.

이유는 단 하나. 나를 노리는 어떤 인물과 접촉하기 위해서였다.

그쪽은 내가 어디 있는지 알아내려고 하는 것 같았다.

그렇다면 내가 직접 만나러 가주마.

그러면 우리 딸들이 위험해 처하지는 않을 것이다.

"아버님. 조심하세요. 상대는 상당한 실력자입니다. 솔직히 말씀드리자면, 이 왕도에 와서 만난 사람 중에서 가장 칼을 잘 쓰는 사람이었습니다."

기사단장 겸 S랭크 모험가인 엘자가 이렇게까지 말할 정도라면, 아무리 경계해도 모자랄 것이다.

"설마 정면으로 엘자와 맞붙어서 이길 수 있는 녀석이 이 왕도에 있을 줄이야."

엘자는 순수하게 강했다.

이 왕도에서 1, 2위를 다툴 정도로 훌륭한 검사였다. 그래서 현재 이런 지위에 오른 것이었다. 그런 엘자를 이겼다니, 상대는 엄청난 실력자일 것이다.

적이라면 참으로 성가신 존재일 것이다.

"하지만 나와 엘자 둘을 한꺼번에 상대하기는 어려울 거야."

내가 직접 순찰하겠다고 말했을 때, 엘자는 자기도 함께 가겠다고 했다. 내가 너무 걱정된다면서.

다른 기사들은 하나같이 이번 사건에 관여하지 않으려고 했다.

그들이 말하기를──.

"엘자 단장님이 이기지 못한 상대를 우리가 해치운다고? 말도 안 돼."

"카이젤 님한테도 우리는 거추장스러운 짐이 될 뿐이야."

"난 너무 무서워. 죽기 싫어."

그렇다고 한다.

마지막 사람은 기사단 정신을 어디에 팔아먹은 건가 하는 생각이 들었지만, 어쨌든 나도 그들을 이 사건에 끌어들일 마음은 없었다.

"엘자. 어제 네가 가르쳐준 습격자의 특징을 다시 한번 설명해 주겠니?"

엘자는 고개를 끄덕인 뒤 입을 열었다.

"피처럼 진한 붉은색 머리카락과 사람 키만큼이나 거대한 검이 특징적이었습니다. 그 여자는 사나운 도깨비처럼 위험한 분위기를 풍기고 있었어요."

"으음……."

나는 턱을 쓰다듬으며 생각에 잠겼다.

"저, 아버님? 왜 그러시죠?"

"아니, 그게 말이다. 네가 설명해준 습격자의 특징이 왠지 모르게 익숙한 느낌이 들어서……."

"혹시 짚이는 것이 있으십니까?"

"아니, 잘 모르겠어. 어쩌면 딴 사람을 착각한 걸지도 몰라. 하지만……."

엘자가 말해준 인상착의와는 일치했다.

하긴, 그것은 내 기억 속에 있는 18년 전 그 여자의 특징이었지만. 그러니까 전혀 상관없는 딴 사람일 가능성도 충분히 있었다.

"그 인물은 아버님과 대립했었나요?"

"음, 글쎄. 대립은 안 했다……고 생각해."

자신이 없어서 말꼬리를 흐렸다.

"그 녀석은 예전의 내 동료였어."

"네? 동료라고요?"

"응. 엘자, 너에게도 이야기해준 적이 있지? 내가 모험가였을 때 속했던 파티의 일원이 그 사람이었어."

"아버님은 파티에 속해 있었던 거군요? 제가 모르는 아버님의 모습을 새로 알게 된 것 같아서 조금 기뻐요."

엘자는 그렇게 말하더니 의아하다는 듯이 고개를 갸웃거렸다.

"저, 하지만 그렇다면 왜 과거의 동료분이 저희를 습격한 건가요?"

"글쎄, 나도 모르겠어. 애초에 그게 그 녀석인지도 알 수 없고. 그저 내가 말할 수 있는 것은 단 하나뿐이야."

그런 말을 하면서 우리는 큰길에서 골목 쪽으로 들어갔다.

단번에 인파가 사라졌다. 돌바닥을 두드리는 구두 소리의 비가 그치고, 시끄럽던 주변이 고요해졌다. 정적 속에서 나와 엘자 이외의 인기척이 느껴졌다.

"말할 수 있는 것은…… 뭐죠?"

엘자가 재촉했다. 바로 그 순간.

갑자기 공기의 흐름이 뒤틀렸다.

──아, 이것은……!

피부에 닿는 바람의 징조를 감지하자마자 나는 반사적으로 점프했다.

엘자의 몸을 끌어안은 채 골목길 바닥으로 확 쓰러졌다.

그 직후, 거대한 풍압 덩어리가 빠르게 지나갔다. 조금 전까지 우리가 서 있던 곳을 통과하면서. 그리고 그 직선상에 있는 석벽에 깊은 구멍을 뚫어버렸다.

"앗……?!"

엘자의 목에서 소리가 새어 나왔다.

엘자는 깊은 구멍이 뚫린 석벽을 보고 얼굴이 파랗게 질렸다.

조금만 더 늦게 회피했더라면, 몸에 구멍이 뚫렸을 것이다.

"……흥. 미약한 공기의 흐트러짐으로도 이미 공격의 징조를 감지한 건가. 그래, 내가 아는 너라면 당연히 그러고도 남을 테지."

호전적인 목소리가 골목길 입구 쪽에서 들려왔다.

나는 바닥에 쓰러진 채 고개를 들어 그쪽을 돌아봤다. 어두운 골목 안, 큰길에서 쏟아져 들어오는 햇빛이 그녀의 실루엣을 백일하에 드러냈다.

타오르는 듯한 진홍색 머리카락.

애교라곤 전혀 없이 딱딱하게 굳어 있는 표정.

강한 의지로 빛나는 날카로운 눈.

갑옷 사이로 드러난 맨살은 탄탄한 근육으로 되어 있어서, 자기 단련의 흔적이 느껴졌다.

그리고 어깨에 걸치고 있는 자기 키만큼 길쭉한 대검.

그건 틀림없이──.

"아하, 그래. 나를 시험한 건가."

나는 그렇게 중얼거리면서 입가에 쓴웃음을 지었다.

"……오랜만에 재회했는데 이건 너무 거칠지 않아? 혹시나 내가 피하지 못했으면 어쩌려고 그랬어?"

"이 정도 공격도 피하지 못하는 너하고는 재회할 가치도 없지. 그때는 네 몸통에 구멍을 뚫어줄 테니, 깔끔하게 세상 하직하도록 해."

아무런 망설임도 없이 무서운 말을 뱉어내는 그 여자.

그것은 18년 전의 기억 속에 있는 그녀와 완전히 똑같았다.

"하지만 너는 내 공격을 예견하고 피했다. ……자식이 생겨서 이제는 이빨 빠진 호랑이가 됐을 줄 알았는데, 최소한의 단련은

꾸준히 하는 모양이구나."

누가 봐도 철 가면이라고 착각할 정도로 무표정한 얼굴이었지만, 오랫동안 고락을 함께 겪어온 나는 알 수 있었다. 그녀는 만족스러운 표정을 짓고 있었다.

그래. 그녀는 항상 그랬다.

상대가 자기보다 강한가, 약한가. 오직 싸움에만 관심이 있는 것이었다.

"이렇게 만나는 것은 18년 만인가?"

나는 입을 열었다.

"넌 변한 게 없구나——레지나."

그녀의 이름을 부른 순간, 내 몸에 들러붙어 있던 오래된 녹이 떨어져 나간 것 같았다.

"……흥. 넌 완전히 변해버렸구나. 카이젤."

18년 전, 이 왕도에서 나와 같은 파티에 속했던 모험가 농료——레지나가 툭 내뱉듯이 그런 말을 했다.

# 제7화

내가 우리 딸들과 만나기 전의 먼 옛날.

모험가였던 나는 주변의 모험가들과 함께 파티를 이뤘었다.

네 명밖에 안 되는 작은 집단이었지만, 그곳에는 훗날 왕도에 이름을 떨치게 될 실력자들만 모여 있었다.

레지나는 그중 한 명이었다.

모델처럼 멋진 몸매와는 전혀 안 어울릴 정도로 엄청난 괴력의 소유자여서, 사람 하나만큼 길쭉한 대검을 가볍게 휘둘렀었다.

그녀는 자기 앞을 가로막는 자는 모조리 주저 없이 베어버렸다.

레지나가 싸우는 모습을 본 사람들은 그녀에게 '도깨비 공주'란 별명을 붙여줬다. 그 선명한 붉은색 머리카락은 그녀가 벤 적의 피를 뒤집어써서 그런 것이라고 떠들어대는 사람도 있었다. 황당무계한 이야기였다. 하지만 그걸 진짜로 믿는 사람도 어느 정도 있었다. 그만큼 사람들은 레지나를 무서워했다.

나보다 세 살 어린 레지나는 고작 1년 만에 B랭크 모험가로 승격됐다. 그 실력은 이미 A랭크나 마찬가지라고 여겨졌다.

나중에는 S랭크 모험가도 될 수 있을 거라고 평가받는 기대주였다.

나와 레지나, 둘 중 누가 먼저 최연소 S랭크 모험가라는 타이틀을 차지할 것인가. 그런 의미에서 우리는 동료인 동시에 라이벌이기도 했다.

왕도 주민들도 우리의 승격을 기대했었다.

그러나——.

결과적으로 나는 S랭크 모험가가 되지 못했다. 예의 에인션트 드래곤 사건 때문에 모험가로서 은퇴했기 때문이다.

그 후 나는 왕도를 떠났고 레지나와의 연락도 끊겨버렸다.


"설마 옛 동료와 이런 식으로 재회하게 될 줄은 몰랐어."

바닥에서 일어난 나는 레지나와 마주 봤다.

"레지나. 언제 이런 미인이 된 거야?"

내 기억 속에 있는 레지나는 어린 소녀 이미지였다.

하기야 그럴 수밖에 없었다.

그때는 열다섯 살. 지금은 서른세 살. 이제는 성숙한 성인 여성이다.

"야, 재수 없는 소리 그만해. 느끼해서 싫다."

"그 독설도 여전하구나."

"난 그저 내가 생각한 것을 그대로 입 밖에 내는 거야."

"세상 사람들은 그런 것을 독설이라고 부르지. 다들 어른이 되면 자기 마음을 잘 포장하는 기술을 배우게 되거든."

"아, 소위 처세술이라는 거? 시시하군. 그런 기술이 뛰어난 녀석이야말로, 나 같은 인간보다 훨씬 더 문제가 있다고 생각하는데."

레지나는 지난 18년 동안 쭉 변함없이 모난 돌로 살아온 것 같았다.

"너 그동안 뭐 했어?"

"왜? 내가 케이크 가게라도 차렸을까 봐?"

"그래? 그 케이크 가게는 인기가 없을 것 같은데."

나는 앞치마를 두르고 뚱한 표정으로 손님을 대하는 레지나의 모습을 상상해보고 피식 웃었다. 세상에서 제일 안 어울리는 직업일 것이다.

"나는 싸움 없이는 살아가지 못해. 이 검을 휘두르지 못하게 될 때가 내 인생의 마지막이다. 속 편하게 왕도를 떠나버린 네놈과는 달라."

험악한 말투였다.

내가 파티 멤버들한테는 한마디 상의도 없이 제멋대로 갓난아이 셋을 데리고 고향 마을로 돌아갔었으니까. 그것 때문에 화가 난 것 같았다.

하긴, 그것도 당연한가. 납득이 안 될 테지.

"좋아, 그럼 질문을 바꿀게."

나는 낮은 목소리로 말하면서 레지나를 똑바로 응시했다.

"……레지나. 왜 엘자를 공격한 거야?"

레지나는 엘자에게 덤벼서 결국 이겼다.

증거는 없지만 아마도 마법 학교의 침입자, 또 모험가 길드에 나타나서 안나에게 칼을 들이댄 인간도 이 녀석일 것이다.

날카로운 안광으로 쏘아보자, 레지나는 입꼬리를 비틀며 웃었다.

"흥. 그래, 적의를 품은 훌륭한 눈빛이야."

그러더니 레지나는 도발적인 눈으로 이쪽을 쳐다봤다. 나에게 턱짓을 했다.

"카이젤. 칼을 뽑아라."

"뭐?"

"너도 알잖아? 나는 나보다 약한 녀석의 말 따위는 듣지 않아. 이유를 알고 싶으면, 나에게 네 힘을 보여줘."

레지나의 눈동자에는 호전적인 빛이 깃들어 있었다.

아무래도 진심인 것 같았다.

애초에 레지나는 가벼운 농담을 할 정도로 싹싹한 인간이 아니었다.

"……내가 이기면, 이유를 가르쳐준다는 거지?"

"맞아. 약속할게."

"……나 참. 설마 18년 만에 재회한 동료와 칼싸움을 하게 될 줄은 몰랐다. 느긋하게 차나 마시면서 이야기를 나누고 싶었는데."

"웃기는 소리 하지 마. 칼은 말보다 더 웅변적이다. 서로가 경험해온 인생의 궤적은, 서로 칼을 맞부딪쳐 봐야지만 비로소 전부 이해할 수 있어."

"그건 레지나, 너만 그런 거 아냐?"

나는 목덜미를 긁적거렸다.

옆에서 엘자는 곤혹스러운 표정을 짓고 있었다.

응, 익숙하지 않으면 그럴 수도 있지.

레지나는 기본적으로 엘자보다 더 심하게 검에만 매달리는 인간──전투광(戰鬪狂)이니까.

상대가 자기보다 강한가, 약한가. 오직 그것에만 관심이 있었다.

"아무튼 자리를 옮기자. 여기는 시내잖아. 기물 파손이라도 하면 곤란해. 기사단 친구들에게 뒤처리하라고 시키기도 뭐하고."

# 제8화

기사단 연병장으로 향했다.

여기서는 아무리 날뛰어도 민폐를 끼칠 일은 없을 것이다.

나와 레지나가 마주 서자, 엘자와 기사단 멤버들이 우리를 빙 둘러쌌다. 모두 마른침을 꿀꺽 삼키면서 우리를 지켜보고 있었다.

"저게 엘자 단장님을 이긴 녀석인가······?"

"하지만 카이젤 님은 엘자 단장님이 일격조차 가하지 못할 정도로 엄청난 실력자잖아?"

"아버님! 조심하세요. 그 여자는 정말로 강해요."

응, 알아. 레지나가 실력자란 것은 다른 누구보다도 내가 제일 잘 알고 있어. 그 당시부터 라이벌이 없을 정도로 뛰어난 검사였으니까.

"무기는? 목검으로 할까?"

"당연한 것을 왜 물어? 진검이다."

레지나는 두말없이 단호하게 말했다.

"목숨 걸고 싸우는 극한의 전투. 거기서 비로소 서로의 진가를 확인할 수 있는 거야. 시시한 칼싸움을 하고 싶으면 꼬맹이들이랑 해."

"응. 레지나, 너라면 그렇게 말할 줄 알았어."

나는 쓴웃음을 지으면서 허리에 찬 검을 뽑았다.

한번 숨을 들이마시고, 몸의 정중선 앞으로 검을 들어 올렸다.

레지나는 등에 지고 있던 대검을 뽑더니 크게 휘둘렀다. 그 순간, 이쪽으로 날아오는 풍압의 탄환이 분명히 보였다.

그것이 바닥을 할퀴면서 고속으로 날아오자, 나는 옆으로 점프해 피했다.

"하아아앗!"

레지나는 이어서 풍압 탄환을 연달아 발사했다.

나를 접근하지 못하게 하려는 전략 같았다.

마법을 쓰지 않는 검사 레지나에게는 본디 원거리 공격 수단이 없었다. 당연히 궁수나 마법사를 상대할 때는 불리할 것이다. 그러나 '바람을 탄환처럼 날린다'는 기예를 발휘함으로써, 그런 적들을 상대할 때도 대등하거나 우세하게 싸울 수 있게 되었다.

나는 풍압 탄환을 피하면서 레지나를 향해 불 마법을 발사했다.

불덩어리는 레지나에게 도달하기 전에 풍압 탄환에 휘말려 사라졌다. 어중간한 위력의 마법으로는 맞서지 못한다는 건가.

흙 마법으로 지면의 초목을 성장시켜서 레지나의 움직임을 막아볼까? 아니, 어차피 레지나의 괴력이 그 초목들을 찢어발길 것이다.

이대로 있으면 내가 서서히 수세에 몰릴 것이다. 어떻게든 접근할 방법을 찾아야 한다.

"이봐, 집중력이 떨어진 것 같은데?!"

어느새 코앞까지 바람 탄환이 날아와 있었다.

지면을 박차고 점프해서 회피했다.

그러나 그때 나는 깨달았다. 그것이 상대의 유인 공격임을.

내가 회피한 곳으로 정확히 바람 탄환이 날아왔기 때문이다.

——이건 못 피한다.

즉시 그렇게 판단한 나는 몸을 지키는 것에 전념했다.

양팔을 몸통 앞으로 들어 올렸다. 바람 탄환이 직격하자, 온몸에 심한 충격이 가해졌다. 물수제비뜨는 돌처럼 몸이 튕겨 날아갔다.

나는 낙법을 써서 재빨리 자세를 바로잡았다. 그리고 추가 공격으로 날아온 바람 탄환을 피했다.

"카이젤. 역시 전투 감각이 둔해진 거 아냐?"

레지나가 그렇게 말했다.

"설마 무사안일하게 사느라 실력이 녹슬어버린 건 아니겠지?"

"흥, 아주 네 마음대로 떠들어대는구나."

퉤! 하고 가슴으로 올라온 혈담을 뱉어냈다.

그래, 기억났다. 레지나는 그냥 대검을 가볍게 휘두르기만 하는 괴력의 여자가 아니었다. 전투에 관해서는 머리도 잘 돌아가는 여자였다.

18년 만에 검을 맞대보고 깨달았다.

레지나의 검은 녹슬지 않았다. 오히려 예전보다 더 날카롭게 벼려진 상태였다.

끊임없이 단련을 계속해온 덕분일 것이다.

하지만 그것은 나도 마찬가지였다. 무사안일하게 사느라 녹슬

었다고? 그런 오해를 살 수는 없었다. 레지나를 깜짝 놀라게 해
줘야겠다.

그러려면 우선 레지나에게 접근해야 한다.

나는 주문 영창 없이 불 마법──파이어 볼을 발사했다.

"흥. 좀 전에도 봤잖아? 내 풍압탄 앞에서는 파이어 볼 따위는
안 통해. 얼마든지 내가 없애주마."

"글쎄, 과연 그럴까?"

"──뭐?"

나는 연달아 주문 영창 없이 마법을 발사했다. 이번에는 물 마
법이었다. 허공에 그려진 마법진에서 발사된 물줄기는 파이어 볼
과 뒤섞였다.

그러자 물이 심하게 증발하면서 레지나의 주위가 온통 안개로
뒤덮였다.

"──윽! 뭐야, 안 보이잖아?!"

나는 바닥을 박차고 안개 속으로 돌진했다. 눈앞은 보이지 않
았다. 그것은 상대도 마찬가지였다. 그렇다면 그녀가 취할 행동
은 하나밖에 없었다.

거대한 풍압과 더불어 안개가 순식간에 확 걷혔다.

제거된 안개 속에서 대검을 휘두른 레지나의 모습이 드러났다.
폴로스루* 직후인 그녀는 허점이 노출되어 있었다.

나는 검을 휘둘렀는데, 그 검은 명중하기 직전에 가로막혔다.

──────────
*타구나 투구를 했을 때 그대로 팔을 쭉 휘두르는 행위

제2라운드. 근접전에 돌입했다.

불꽃이 튈 정도로 격렬한 싸움이었다. 둘 다 한 발짝도 물러서지 않았다. 딱 한순간의 그릇된 판단이 승패를 판가름할 정도로 아슬아슬한 공방전이었다.

관전하고 있던 기사들은 말문이 막혀버렸다.

허공을 가르며 날아간 내 칼끝은 레지나의 대검의 두툼한 면과 부딪쳤다. 나는 한쪽 팔이 자유로운 상태였다. 마법을 사용할 절호의 기회였다.

레지나도 그걸 눈치챘나 보다.

"또 약삭빠르게 마법을 쓰려는 거냐?!"

"아니. 안 해. 마법은 근접전에 돌입하기 전까지만 사용하는 거야."

나는 온전히 휘두른 칼의 칼자루에 나머지 한 손도 대면서 칼자루를 감싸 쥐었다. 마법을 쓴다는 선택지 자체를 없애버리고, 곧바로 상대를 공격했다.

"나는 검사로서, 레지나를 정면으로 공격해서 쓰러뜨릴 거야!"

"——?!"

레지나는 놀란 것처럼 눈을 크게 떴다.

이어서 입가에 희미한 미소를 지었다.

"암, 그래야지!"

레지나의 눈이 짐승처럼 형형하게 빛났다.

공방전을 펼치는 동안에 느낄 수 있었다. 레지나가 싸움을 진심으로 즐기고 있다는 것을. 온몸의 세포가 싱싱하게 빛나는 듯한 느낌이 들었다.

그렇기에——.

승부가 났을 때도 레지나는 원통해하지 않았다.

"내가 이겼다."

나는 그녀를 향해 칼끝을 치켜들고 그렇게 고했다.

"……후후. 아까 내가 했던 발언은 철회할게."

레지나는 웃으며 말했다.

"카이젤. 너는 변해버렸다고 말했는데, 실은 그렇지 않았어. 너는 강하다. 적어도 그 점은 예전과 똑같은 것 같구나."

# 제9화

밤.

우리 집 거실에 있는 둥그런 테이블.

우리는 그 앞에 마주 보고 앉아 있었다.

"아빠. 여기. 홍차를 가져왔어."

"아, 수고했어. 고맙다."

나는 안나가 가져온 쟁반 위에 있는 홍차 찻잔을 받아 들었다. 그리고 맞은편에 앉아 있는 레지나와 엘자 앞으로 찻잔을 내밀었다.

"자, 마셔. 안나의 홍차는 맛있어."

"……흥. 맛은 중요하지 않아. 마실 수만 있다면."

레지나는 나에게서 받은 홍차를 호로록 마셨다.

컵을 드는 방식에서 독특한 버릇이 느껴졌다.

꿈틀. 좁혀져 있던 미간의 주름이 부드럽게 펴졌다.

"……흠. 뭐, 나쁘진 않네."

"그렇지?"

마음에 드나 보다.

"그런데 아빠. 이 사람이 누구인지 설명해주지 않을래?"

안나가 텅 빈 쟁반을 가슴에 끌어안으면서 나에게 물어봤다.

"모험가 길드에서 나에게 대검을 들이댔던 사람이 이 여자야. 그런데 이 여자가 왜 우리 집에 들어와 있는지, 그것까지 다 설명해줘."

안나가 레지나를 바라보는 시선에서는 경계심이 느껴졌다.

그러는 것도 이해가 갔다.

누구나 대뜸 자신에게 칼을 들이댄 사람을 쉽게 받아들이지는 못할 것이다.

"이 사람은 레지나라고 해. 내가 모험가였던 시절의 동료야. 나를 찾아다니고 있었나 봐. 그러다가 좀 전에 드디어 만나서, 가볍게 한판 싸우고 왔어. 우리 집으로 데려온 이유는, 레지나와 하고 싶은 이야기가 많이 쌓여 있어서 그런 거야."

"흐음……. 아빠의 옛 동료라고……?"

안나는 힐끗 레지나를 무례하게 훑어봤다.

"……뭐야. 왜 그렇게 빤히 쳐다봐?"

레지나는 불쾌하다는 듯이 안나를 똑같이 쳐다봤다.

보통 사람이라면 당장 압도될 듯한 위압감.

그러나 안나는 전혀 겁먹지 않은 것 같았다.

"레지나 씨. 당신, 우리 아빠 좋아해?"

"──푸흡?!"

레지나는 입 안에 머금고 있던 홍차를 힘차게 뿜어냈다.

"…………."

발사된 홍차 방울들은 맞은편에 있는 내 얼굴을 덮쳤다.

"──무, 무슨 소리를 하나 했더니! 뭐야, 내가 카이젤한테 호감을 가지고 있다고?! 근거도 없는 헛소리 하지 마!"

반론하는 레지나. 그동안 본 적 없을 정도로 당황한 모습이었다.

"아, 그러세요—? 그 반응을 보면 정곡을 찔린 것 같은데."

"어—. 뭐야, 이 사람, 아빠 좋아해? 안 돼. 아빠는 내 거야. 가로채기 금지야."

그러면서 침실의 이불 속에서 뒹굴고 있던 메릴이 불쑥 얼굴을 내밀었다.

"야, 너희들이 나에 대해서 뭘 안다고 그래? ……쳇. 그 나이대의 여자애들은 꼭 뭐든지 연애 이야기로 만들어버리고 싶어 한다니까."

레지나는 그렇게 혀를 차더니 말을 이었다.

"나와 카이젤은 옛날에 같은 파티에 속해 있었다. 더도 말고 덜도 말고 딱 그거야. 연모의 감정 따위가 있을 리 없잖아? 웃기지도 않아."

그런 말을 툭 뱉어낸 레지나는 팔짱을 끼고 무뚝뚝한 태도로 입을 다물었다.

하지만 그 귀는 여전히 살짝 연분홍색으로 물들어 있었다.

원래 레지나는 검에만 관심 있는 녀석이니까.

이런 이야기에는 면역이 안 된 것이리라.

"뭐, 그건 그렇고."

나는 아까 하던 이야기를 계속하기로 했다.

"레지나. 너에게 꼭 물어봐야 할 것이 있어."

"뭔데."

"왜 엘자를 습격한 거야?"

나는 내 마음속의 의문을 입 밖에 냈다.

"나에게 볼일이 있으면 그냥 엘자에게 안내해 달라고 하면 되잖아. 굳이 엘자에게 싸움을 걸 필요는 없었을 텐데."

"그 이유는 단순해. 나는 확인해보고 싶었을 뿐이다."

"확인하다니? 뭘를?"

"여기 이 엘자인지 뭔지 하는 여자애는 사상 최연소 S랭크 모험가잖아? 카이젤. 너보다 더 빨리 승진했다는 뜻이지."

"맞아."

"그래서 나는 확인해보고 싶었어. 네 딸은 정말로 S랭크 모험가가 될 만한 실력을 갖춘 인재인지. 카이젤. 네가 자신의 S랭크의 꿈까지 다 포기하고 키울 정도로 가치가 있는 녀석인지, 알고 싶었어."

레지나는 그렇게 중얼거리더니 차가운 눈빛으로 엘자를 힐끗 봤다.

"그러나 결과는 실망스러웠어."

"……?!"

충격을 받아 엘자의 눈동자가 흔들렸다.

"레지나. 너는 오해를 하나 하고 있어."

나는 그렇게 입을 열었다.

"나는 스스로 원해서 이 아이들을 키워왔어. 가치? 그런 것은 상관없어. 난 그저 이 아이들이 행복하게 살아가기만 한다면 그걸로 족해."

"……그래? 그렇다면 더더욱 화가 나네."

레지나는 불쾌하다는 듯이 그런 말을 내뱉었다.

"카이젤. 그 시절의 너는 틀림없이 왕도 최강이었다. 정상적인 루트를 밟았으면 최연소 S랭크 모험가가 된 사람은 너였을 거야."

"그건 과대평가야. 나는 그 정도로 대단한 인간은 아니야."

그렇게 대꾸했다.

"게다가 에인션트 드래곤 사건으로 크게 실패하기도 했잖아? 그런데도 S랭크로 승격할 수 있었을 거라는 보장은 없어."

"아니, 애초에 그 에인션트 드래곤 사건도 따지고 보면 네 탓이 아니잖아?! 우리가 너를 그렇게 만든 거지!"

레지나는 언성을 높였다.

"——그 이야기는 이제 그만하자. 과거로는 돌아갈 수 없어."

내가 그렇게 말하자, 벌떡 일어났던 레지나는 기세가 한풀 꺾인 것 같았다.

살짝 혀를 차더니 자리에 앉았다.

"……넌 내가 유일하게 인정했던 모험가야. 그러니까 너 자신을 비하하는 것은 용서할 수 없어. 그것은, 너를 인정한 나에 대한 모욕이다."

"레지나……."

나는 남아 있던 홍차를 단숨에 마시고 말을 이었다.

"아니다. 내가 미안해."

그렇게 사과하고 나서 밝은 목소리로 말했다.

"그나저나 18년이라는 세월은 참 엄청나지 않아? 그 당시에는 그렇게 욕을 먹었는데, 지금은 아무도 나를 기억하지 못한다니까."

내가 왕도에 온 다음부터는 한 번도 왕도 사람에게 정체를 들킨 적이 없었다.

과거에 만난 적이 있는 여왕에게도.

그 시절에 비하면 내 인상이 달라졌다지만, 그래도 세월의 흐름을 실감하지 않을 수 없었다.

"그건 에트라가 왕도 사람들의 기억을 조작했기 때문이야."

"뭐? 에트라가?"

옛날에 같은 파티의 일원이었던 마법사의 이름이 튀어나와서 나는 깜짝 놀랐다.

"현재 마물의 습격으로부터 이 도시를 지켜주고 있는 결계는 18년 전 에트라가 만들어낸 거야. 그리고 그 결계에다 특별한 술식(術式)을 짜 넣은 거지. 그 결계 내부에 있는 인간의 기억 속에서 카이젤의 존재를 흐릿해지게 만드는 술식을."

"아니, 하지만 우리는 왕도에 오고 나서도 아빠를 계속 기억하고 있었는데?"

"맞아, 맞아―. 나는 아빠를 단 하루도 잊어버린 적이 없거든?"

"지속성 마법이 아니라서 그래. 18년 전 결계가 생성된 시점에 이 도시에 있었던 녀석들에게만 작용했던 거야."

레지나는 그렇게 말했다.

"왕도처럼 규모가 큰 도시의 인간들 전원의 기억에 간섭하는 마법이라니…… 그런 터무니없는 일이 정말로 가능해?"

"다른 마법사는 불가능할 테지. 그러나 에트라는 가능해. 그건 너도 잘 알지? 카이젤."

에트라는 천재였다.

그 당시──18년 전의 나는 마법사로서도 유명했지만, 그래도 에트라와는 비교가 안 될 정도였다.

현자라는 칭호는 에트라한테나 어울리는 것이었다.

"물론 그 녀석은 공개적으로 나서는 것을 싫어하고, 또 인류를 위해 일한다는 정신이 전혀 없었으니까. 별로 유명하진 않았지만."

"그 에트라가 나를 위해 사람들의 기억을 흐려지게 만들었다고? 대체 왜?"

"글쎄. 진의는 그 녀석밖에 모르지 않을까? 그냥 변덕이었을 가능성도 있어. 우리끼리 이러쿵저러쿵 추측해봤자 다 소용없어."

"천재의 사고방식은 범재가 이해하지 못한다는 건가."

"뭐, 그런 거지."

"그런데 레지나. 넌 지금까지 뭐 하면서 살았어? 내가 사라진 후에 파티는 어떻게 됐어?"

"그걸 너에게 가르쳐줄 이유는 없다."

"그럼 다른 질문을 해볼게. 넌 왕도에는 언제 돌아왔어?"

"묵비권을 행사한다."

"의외로 심한 비밀주의자가 됐네?"

나는 쓴웃음을 지었다.

"난 동료에 관해 알고 싶은데. 그게 폐가 될까?"

"……흥. 우리한테 양해도 구하지 않고 왕도를 떠나버린 네가 그런 말을 할 자격이 있냐?"

조그맣게 한마디 내뱉는 레지나. 그 모습을 본 나는 이렇게 말했다.

"레지나. 너 혹시 삐쳤어?"

"뭐라고?!"

"내가 제멋대로 왕도를 떠나서 삐친 거야?"

"……우, 웃기는 소리 하지 마! 누가 그런 유치한 짓을 한다고 그래? 난 그저 너한테 당했으니까, 그대로 복수하려고 하는 것뿐이야."

"보통은 그런 것을 유치한 짓이라고 하지 않아?"

안나가 지적했다.

"옆에서 듣는 입장에서는, 당신이 완전히 삐친 것처럼 보이는데."

"윽……!"

"아. 레지나 씨. 얼굴이 새빨개졌어──. 정곡을 찔렸나 봐."

메릴이 신나게 손가락질을 했다.

레지나는 콰당! 소리를 내면서 일어났다.

"──너희들이랑 같이 있으니까 내가 다 이상해진다."

그대로 빙글 돌아 집에서 나가려고 했다.

그 뒷모습을 향해.

"레지나. 다음에 또 우리 집에 놀러 와."

나는 그렇게 말을 걸었다.

"너 한동안 왕도에 머물 거잖아?"

그 순간 딸들이 긴장했다.

화가 난 레지나의 마음속 불바다에다 기름을 붓는 격이라고 생각한 것이리라.

그러나.

"우리 집의 밥은 맛있어."

그 한마디에 레지나가 귀를 쫑긋 세웠다.

"……흥. 뭐, 일단 생각은 해볼게."

레지나는 그런 말을 남기더니 문을 열고 밖으로 나갔다.

탁.

우리만 남자 안나가 입을 열었다.

"개성적인 사람이네."

어깨를 으쓱하면서 이야기를 계속했다.

"모험가는 원래 다 그렇지만. 사회 부적응자 집단이니까."

"이런, 그건 부정할 수 없겠는데?"

나는 쓴웃음을 지었다.

"하지만 나쁜 녀석은 아니야. 오랫동안 사귀어온 내가 보증할게."

검은 말보다 웅변적이다.

직접 대결해본 나는 알 수 있었다.

레지나의 정신이 올곧다는 것도 예나 지금이나 여전했다.

# 제10화

다음 날.

나는 마법 학교 강사 일을 마치고 메릴과 함께 귀가했다.

끊임없이 어리광을 부리는 메릴을 상대해주면서 부엌에서 오늘의 저녁밥인 스튜를 준비했다. 그때 안나가 집에 돌아왔다.

"오늘은 꽤 일찍 왔네?"

"응. 일이 다 끝났거든. 아빠가 임무를 수행해준 덕분이야. 날이 저물기 전에 퇴근한 것은 정말 오랜만이야."

"치―. 모처럼 아빠와 단둘이 지내고 있었는데――."

메릴은 불만스러운 표정을 지었다.

"더 야근하다 오면 좋았을 텐데."

"후후, 미안해서 어쩌지? 하지만 아빠를 독점하게 놔둘 수는 없어."

안나는 메릴을 보고 도발적으로 웃었다. 그리고 거실 소파에 가서 앉았다. 으으― 하고 기지개를 쭉 켜더니, 길드 제복 차림 그대로 벌렁 누웠다.

"안나. 빈둥거리고 있네―?"

"응, 적어도 집에서는 편하게 쉬고 싶어."

"나도 그 마음은 이해해."

"메릴, 넌 하루 24시간 내내 빈둥거리잖아?"

그러면서 나는 쓴웃음을 지었다.

"오히려 안 쉬는 시간이 더 적은 편이지."

"'빈둥빈둥 게으름뱅이 인생'이 내 좌우명이거든——."

"자랑스럽게 할 말은 아닌 것 같은데?"

안나는 어이없어하면서도 '쟤는 늘 저러니까' 하고 개선을 요구하지도 않았다. 메릴의 게으름은 절대로 안 바뀐다는 것을 지난 18년에 걸쳐 철저히 깨달았기 때문이다.

"아 참, 레지나 씨 말인데."

안나가 입을 열었다.

"응? 레지나가 왜, 뭐 했어?"

"조사를 해봤어. 레지나 씨의 최근까지의 모험가 활동을."

"오. 그런 것도 알아낼 수 있어? 그동안 쭉 왕도 이외의 도시에서 활동한 게 아닌가?"

"모험가 길드는 면허 소지자의 정보를 공유하고 있거든. 다른 도시에서 활동하고 있는 모험가도 조회할 수 있어."

"편리하네. 하지만 그러면 경솔한 짓도 못 하겠는데. ……어, 그래서? 레지나의 활동은 어땠어? 나름대로 활약했어?"

"그냥 활약이 아니야. 대활약이야."

안나는 그렇게 이야기했다.

"그동안 높은 랭크의 갖가지 임무들을 혼자서 달성해왔더라고. A랭크 임무를 혼자 달성한 사람은 아빠 말고는 처음 봤어."

"그 녀석의 칼솜씨는 진짜 대단하거든. 아니, 그런데 모든 임무를 혼자 달성했다고? 지금은 아무와도 파티를 짜지 않은 건가."

내가 고향 마을로 돌아가고 나서 그 파티는 해산한 걸까.

그 후로 레지나는 계속 혼자서 활동해왔다.

레지나와 실력이 비슷한 사람은 별로 많지 않았다. 게다가 오해받기 쉬운 그 녀석의 성격까지 받아들여 줄 수 있는 사람을 찾는다면⋯⋯.

그야말로 사막에서 사금을 찾기만큼이나 어려운 일일 것이다.

"그런데 좀 이상해."

"뭐가?"

"실적만 보면 레지나 씨는 이미 S랭크 모험가가 되고도 남았을 거야. 그런데 그 사람은 여전히 A랭크에 머물러 있어. 10년도 더 전부터."

"실력도 실적도 둘 다 완벽하다. 그런데도 S랭크가 되지 못했다는 것은⋯⋯. 혹시 승격 조건 중에 품행도 포함되어 있어?"

내가 물어봤다.

"아니면 조건이 사교성인가?"

"그럴 리가 없잖아. 애초에 모험가한테 정상적인 인간성은 기대하지도 않아. 우리가 원하는 것은 유사시에 대응할 수 있는 압도적 실력밖에 없어."

하긴, 그건 그렇다.

모험가는 실력과 인간성이 반비례하는 인종이다. 랭크가 위로 올라갈수록 사회 부적응자의 비율이 비약적으로 상승하는 것이다.

"그럼 잘 모르겠다. 그 녀석이 S랭크가 되지 않은 이유가 뭔지."

"어쩌면 스스로 S랭크 승격을 사퇴했을지도 몰라. 아, 물론 그건 상식적으로 말이 안 되긴 하는데."

"다음에 그 녀석을 만나면 한번 물어볼까."

과연 그 녀석이 순순히 대답해줄지 의문이지만.

나는 스튜 요리를 마치고 벽시계를 힐끔 봤다.

어느새 저녁 여덟 시가 넘었다. 창밖을 보니 해가 져서 어둠이 왕도를 완전히 뒤덮고 있었다. 다른 집 창문에서 흘러나오는 불빛들이 마치 반딧불 같았다.

"엘자가 오늘은 늦네."

평소 같으면 벌써 귀가했을 시간인데.

"무슨 일이라도 있나?"

"아빠도 걔 성격은 알잖아. 아마 야근하는 게 아닐까? 순찰 도중에 시민들한테 이것저것 도와 달라는 요청도 자주 받는걸."

왕도 기사단장이라고 하면 높으신 분이라서 함부로 말 걸기도 어렵다는 이미지가 있는데, 엘자는 시민들에게 사랑을 받는 것 같았다.

시민들과 같은 눈높이의 성실한 태도가 그들에게도 잘 전해진 것이리라.

"엘자는 기사단 연병장에 있는 것 같은데―?"

"메릴. 네가 그걸 어떻게 알아?"

"우후후――. 내 마법을 사용하면 이 정도는 식은 죽 먹기지 ♪ 다들 어디서 뭐 하고 있는지, 나는 다 알아――."

"그것참 유용──하지만, 잘못 사용한다면 무서운데……?"

항상 감시를 당할 위험이 있다는 뜻이다.

마법을 이용한 감시에는 마법으로 대항하는 것이 가능할 테지만, 그러면 뭔가 켕기는 짓을 하는 게 아닐까? 하고 의심받을 것 같았다.

나는 집에서 나와 엘자를 데리러 연병장으로 향했다.

메릴이 가르쳐준 대로 엘자의 모습은 연병장 안에서 발견됐다.

허리에 닿을 정도로 긴 머리카락은 그녀가 칼을 휘두를 때마다 흔들렸다. 은 갑옷이 밤하늘의 달빛을 반사했다.

"열심히 하고 있구나."

나는 엘자의 뒷모습을 향해 말을 걸었다.

"아버님……."

엘자는 손을 멈추고 이쪽을 돌아봤다. 이마에 맺힌 땀을 손등으로 닦아냈다. 그제야 겨우 휴 하고 한숨을 쉬었다.

"밥 먹을 시간이 됐는데도 집에 안 와서. 궁금해서 보러 왔어. 연병장에 늦게까지 남아서 검을 휘두르다니, 정말 기특하구나."

나는 그렇게 말했다.

"다른 기사들도 너를 본받았으면 좋겠다."

"아뇨. 저는 아직도 많이 부족한 인간입니다."

엘자는 그런 말을 중얼거렸다.

"……실제로 레지나 씨한테는 전혀 상대가 안 되었는걸요."

"그 녀석이 특별히 강한 거야. 게다가 검에 투자해온 시간도 달라. 그 녀석은 엘자, 너보다 훨씬 더 오래 살았어."

내가 그렇게 변호해줘도 엘자의 마음은 조금도 편해지지 않는 것 같았다. 엘자는 입을 꾹 다물었다.

깊은 생각에 잠겨 침묵하고 있었다.

이윽고 그녀는 꽉 막힌 열쇠 구멍을 비틀어 열듯이 입을 열었다.

"레지나 씨는 저와 싸워서 이겼을 때 이런 말을 했습니다. 겨우 이 정도밖에 안 되냐고. 카이젤이 스스로 S랭크 모험가가 되겠다는 꿈까지 다 포기하고 키워준 딸인데, 알고 보니 카이젤보다 재능이 부족한 녀석이었다고. 실망했다고. 그렇게 말했습니다."

"내가 레지나에게도 말했잖아? 나는 내가 원해서 너희들을 키운 거야. 난 그저 너희가 건강하게 살아가기만 하면 돼."

"아뇨, 그러면 제가 자기 자신을 용납할 수 없어요. 과거의 아버님을 알고 있는 레지나 씨한테서 그런 말을 들어버린 나 자신의 약함이. 아버님의 재능과 가능성을 갉아먹었다고 평가받아버린 나 자신의 미숙함이, 용납이 안 돼요."

"엘자……."

"아버님. 저는 강해지고 싶습니다. 다른 누구보다도, 레지나 씨보다도, 과거의 아버님보다도 더 강해지고 싶어요. 그래서 레지나 씨에게 증명하고 싶습니다. 그때 아버님이 했던 판단이 틀리지 않았다는 것을."

그렇게 선언하는 엘자의 눈빛은 강력했다. 강한 의지로 가득 차 있었다.

나에게 그 이야기를 하는 엘자는 마치 올곧은 한 자루의 검 같았다.

엘자는 레지나에게 패배했지만 부러지진 않았다. 금방 다시 일어나서, 자신을 이긴 상대를 따라잡으려 하고 있었다.

그렇구나.

재능이 전부가 아니었다.

이 아이가 사상 최연소 S랭크 모험가가 될 수 있었던 이유를 알 것 같았다.

"그렇다면 나도 도와줄게."

나는 엘자에게 말했다.

"레지나보다 더 강해질 수 있도록. 엘자, 네가 납득할 수 있도록."

"……네."

"하지만 그것도 적당히 해야지. 때로는 편안하게 몸을 쉬게 해주는 것도 필요해. 오늘은 이만 집에 돌아가자."

나는 엘자의 어깨에 손을 얹었다.

"안 그러면 내가 정성껏 만든 스튜가 다 식어버리잖아?"

스튜라는 말을 꺼낸 순간, 엘자의 배에서 꼬르륵 소리가 났다. 그러자 엘자는 부끄러운지 얼굴을 확 붉혔다.

"……실은 단련에 열중하느라 점심때부터 아무것도 못 먹었어요."

변명하듯이 그렇게 중얼거리는 엘자. 그걸 본 나는 미소를 지었다.

"그랬구나. 응, 그럼 더더욱 빨리 집에 가야겠다."

달빛 아래에서 나와 엘자는 가족들이 기다리는 집으로 걸어 돌아갔다.

# 제11화

"아빠. 실은 부탁하고 싶은 것이 있어."

며칠 후.

모험가 길드에 들렀을 때, 접수처에 있던 안나가 그런 말을 꺼냈다.

"응? 뭐야, 또 받아줄 사람이 없는 임무라도 있어?"

모험가 길드에는 오늘도 수많은 모험가가 몰려와 있었다. 기본적으로 거친 녀석들이었다. 그들의 일거수일투족은 항상 요란했다.

그래서 그 소음에 묻히지 않도록 일부러 큰 소리로 물어봤다.

"아, 응. 반쯤은 정답이고, 반쯤은 오답이야."

"그게 무슨 뜻이야?"

"받아줄 사람이 없는 임무가 있어. 그냥 내버려 두면 피해가 생길 수도 있으니까, 그걸 아빠한테 부탁하고 싶어."

"그럼 나머지 반은 뭔데?"

"그 임무에 엘자도 같이 데려가."

"엘자를 데려가라고? ……어지간히 위험한 임무인가 보네. 적어도 A랭크 이상은 되나 봐?"

엘자를 동행시켜야 한다——그렇게 안나가 판단했다면, 평범한 난이도는 아닐 것이다.

"음— 그건 아니야. 임무 자체는 C랭크 수준이니까. 아빠 혼자서도 얼마든지 달성할 수 있는 토벌 임무야."

안나가 내 오해를 풀어주려는 것처럼 말했다.

"엘자를 데려가라고 하는 이유는 걔한테 휴식이 필요하기 때문이야. 최근에는 줄곧 아침부터 밤까지 단련에만 열중하고 있잖아? 그 외의 시간에도 늘 긴장하고 있고. 걔가 조금이라도 쉬지 않으면 우울증 걸릴 거야. 아마도 내가 첫 번째로."

레지나보다 더 강해지겠다고 맹세한 다음부터는, 안 그래도 단련에 매진하던 엘자는 이제는 인생을 온통 검에다 바칠 듯한 기세로 검을 휘두르고 있었다.

노력하는 것은 좋은데, 이건 확실히 오버워크란 생각이 들었다.

"내가 쉬라고 말해봤자 고분고분하게 말을 들을 성격도 아니잖아. 아빠의 임무에 동행하라고 하면 그동안에는 쉴 수 있을 테니까. 안 그래?"

"그래도 C랭크 토벌 임무잖아? 과연 쉴 수 있을까?"

"아빠나 엘자한테는 그 정도 토벌 임무는 별것도 아니잖아? 더구나 이번 일을 의뢰한 마을 일대는 유명한 온천지야. 온천물에 몸을 푹 담그면, 틀림없이 몸속에 쌓여 있던 일상의 스트레스도 깨끗이 사라질 거야."

"우와. 온천이라고? 그거 좋네."

뜨거운 온천에 들어가서 몸속까지 따뜻하게 덥혀준 뒤, 목욕을 마치고 시원한 그 지역의 술을 확 들이켠다. 상상만 해도 피로가 싹 풀리는 것 같았다.

"그렇지? 나도 만날 야근해서 어깨가 결리거든. 한번 푹 쉬고 싶어."

"너도 동행하게?"

"응. 모처럼 온천 여행을 가는 거잖아? 남아서 집 지키기는 싫어. 유급휴가를 받으려고 산더미처럼 쌓여 있던 일들을 모조리 해치웠다니까?"

"토벌 임무가 갑자기 가족 여행이 된 것 같은데?"

"아무튼 나는 절차를 밟아둘게. 아빠는 엘자를 설득해줘. 요새는 기사단도 한가한 것 같으니까 휴가도 낼 수 있을 거야."

안나는 그런 말을 하더니 나를 보고 윙크했다.

"아빠. 잘 부탁해♪"

"아, 알았어, 알았어. ……나 참, 안나는 아빠를 너무 심하게 부려 먹는다니까." 그렇게 투덜거리면서도 나는 매번 착실하게 그 말을 들어주는 것이었다.


"제가 아버님의 임무에 참가한다고요?"

기사단 대기소. 엘자의 모습을 발견한 나는 아까 그 이야기를 꺼냈다.

"응. 바쁠 텐데 미안하지만, 좀 도와줄 수 없겠니?"

"아, 네. 문제없어요. 다른 누구도 아닌 아버님의 부탁인걸요. 만사 제쳐두고 우선시하고 싶어요. 다만……."

"다만, 뭔데?"

"아버님처럼 강하신 분이 굳이 저에게 지원 요청을 하실 정도라면. 이번 토벌 임무는 상상을 초월할 정도로 치열한 싸움이 될 것 같네요."

"어…… 음, 그렇지……."

"아버님. 왜 그러세요? 눈동자가 마구 흔들리는 것 같은데요."

"아냐, 기분 탓이야. 하하."

"그런가요? 그럼 다행이지만요. ──어쨌든 아버님의 기대에 부응할 수 있도록 최선을 다하겠습니다."

엘자는 내가 동행해줄 수 있겠냐고 물어보러 온 이유를, 나 혼자서는 달성하기 어려운 토벌 임무이기 때문이라고 짐작한 것 같았다.

실은 나 혼자 해도 전혀 문제없는 임무인데…….

임무 핑계를 대고 온천지에서 편안하게 쉰다. 즉, 일종의 힐링 여행이라는 것은 엘자는 꿈에도 상상하지 못하는 것 같았다.

의욕 넘치는 엘자의 모습을 보니까 왠지 말을 꺼내기 어렵구나…….

안나가 말했던 대로 현재 기사단은 비교적 여유 있는 시기인 듯했다.

최근에는 전혀 휴가를 내지 않았던 엘자는 유급휴가가 남아도는 상태였다. 그래서 쉽게 유급휴가를 받을 수 있었다.

나는 엘자를 데리고 안나가 기다리는 모험가 길드로 향했다.

모험가 길드 앞에는 마차 한 대가 멈춰 서 있었다.

그 남자 마부와 그가 고삐를 쥐고 있는 말은 전에도 본 적이 있었다.

어, 분명히……. 에인션트 드래곤을 토벌하러 갈 때 신세를 졌던 마부였을 거다.

"아. 왔네? 이쪽이야."

마차 옆에 서 있던 안나가 우리를 발견하고 손을 번쩍 들었다.

"벌써 마차도 준비해놨어? 수완이 좋네. 그런데 엘자가 기사단 휴가를 받지 못할 가능성도 있었잖아?"

"아빠가 부탁하면 얘는 무슨 짓을 해서라도 휴가를 받을 게 뻔하거든."

안나가 그렇게 단언했다.

"엘자는 심각한 파더콤이니까."

"저, 전 그저, 아버님을 도와드리고 싶어서 요청에 응했을 뿐입니다! 부모에게서 독립하지 못한 나약한 인간처럼 취급하는 것은 그만두세요!"

"아니, 실제로 못했잖아? 부모한테서 독립하는 거."

"했어요! 저는 이미 완벽하게 자립했습니다!"

"아— 그래? 아빠랑 똑같은 팔 보호구를 사고 기뻐하던 어린애가 자립했다고? 그리고 잠 못 이루는 밤에는 아직도 아빠가 사용하던 목검을 끌어안고 자잖아."

"……그, 그건…….."

안나의 지적에 엘자는 즉시 주춤하면서 말꼬리를 흐렸다. 빨개진 얼굴로 고개를 숙이고, 두 손가락 끝을 맞대면서 중얼거렸다.

"저는 단지, 순수하게 아버님을 경애하는 거예요……."

"엘자. 좋은 정보를 가르쳐줄게. 세상 사람들은 보통 그런 것을 파더콤이라고 불러. 어때, 지식이 좀 늘었어?"

안나는 의기양양한 표정으로 그런 말을 했다.

"뭐 어때? 파더콤이여도 상관없잖아. 나도 아빠를 좋아하는 걸―. 부끄러워할 필요는 전혀 없다고 생각해―."

그렇게 말하면서 안나의 등 뒤에서 얼굴을 쏙 내민 것은 메릴이었다. 남들이 다 보는 공공장소인데도 거침없이 내 품에 파고들어 안겼다.

"아빠― 사랑해♪"

"메릴도 왔구나. 안나, 네가 불렀니?"

"아니. 부르러 가기도 전에 얘가 스스로 알고 왔어."

"나만 따돌리는 것은 절대로 용서할 수 없어! 나만 집에 남겨놓으면, 집안일도 요리도 하나도 못하니까 굶어 죽을 거야!"

"그렇게 당당하게 한심한 소리는 하지 마."

나는 쓴웃음을 지으면서 이마를 짚었다. 만약에 우리한테 무슨 일이 생겨서 메릴 혼자만 이 세상에 남겨진다면, 도대체 어쩌려는 걸까? 이 정도로 부모에게서 독립하지 못하는 것도 문제였다.

"안나와 메릴도 동행하는 겁니까? 그럼 저번의 그 에인션트 드래곤 토벌만큼이나 위험한 일인가요?"

그렇게 추리한 엘자는 마른침을 꿀꺽 삼켰다. 진지한 표정의 그녀는 나머지 두 딸의 복장이 이상하다는 듯이 살펴봤다.

"……아니, 잠깐만요. 왜 안나와 메릴은 유카타를 입고 있는 거죠? 조금 전까지 목욕탕에 있던 건가요?"

"아. 드디어 눈치챈 거야?" 하고 메릴이 말했다.

안나와 메릴은 유카타를 입고 있었다. 가벼워 보이는 천에는 꽃무늬가 그려져 있었고, 늘어진 옷자락이 하늘거리고 있었다. 허리에 두른 띠는 두 사람의 멋진 몸매를 강조해주는 역할을 했다.

시원하고 참 예뻐 보였다.

"이번 일을 의뢰한 동네까지 가서 유카타로 갈아입는 것도 귀찮잖아? 거기 가면 곧바로 온천에 들어갈 수 있게 준비해두는 게 좋지 않아?"

안나가 손가락을 곧게 세우면서 말했다. 그러자 엘자는 얼빠진 표정을 지었다. 어라……? 하고 미간을 누르고 있었다. 사태를 잘 파악하지 못한 것 같았다.

"저, 지금부터 S랭크 수준의 토벌 임무를 수행하러 가는 거 아닌가요?"

"그게 무슨 소리야? 이번에 받은 임무는 C랭크 토벌 임무인데? 굳이 따지자면 온천에 들어가는 것이 메인이벤트이고, 임무는 덤이야."

"……잠깐만요. 그럼 왜 저까지 동행하는 거죠?"

"엘자. 당신은 최근에 계속 단련에만 매달렸잖아? 가끔은 검은 잊어버리고 느긋하게 몸을 쉬게 해줘."

"저, 아버님……."

엘자는 도움을 청하는 듯한 시선으로 나를 쳐다봤다.

"어, 음. 대충 그런 상황이야. 끊임없이 긴장한 상태로 지내는 것도 좋지 않거든. 물론 토벌 임무는 제대로 수행할 거야."

내가 안나나 메릴과 같은 입장이란 것을 파악한 순간, 엘자는 더 이상 무슨 말을 해도 소용없다고 판단한 듯했다.

그녀는 체념한 것처럼 한숨을 쉬고 나서 말했다.

"……알았어요. 한번 수락한 임무를 파기하는 것은 모험가로서 불명예스러운 일입니다. 저도 여러분과 동행하도록 하겠습니다."

"응, 당연히 그래야지!"

안나가 만족한 미소를 지었다.

"엘자. 온천에 들어가서 서로의 몸을 씻겨주자 ♪"

메릴이 장난치듯이 살갑게 말했다.

"……네, 그래요. 저도 메릴의 등을 밀어줄게요" 하고 쓴웃음을 지으며 중얼거리는 엘자. 이미 날카로운 저항의 기세는 전혀 보이지 않았다.

이리하여 우리는 온천 여행, 아니, 토벌 임무를 수행하러 떠나게 되었다.

# 제12화

마물 토벌을 의뢰해온 온천 마을 유바라. 그것은 왕도에서 마차로 꼬박 하루쯤 걸리는 곳에 있는 마을이었다.

중간에 있는 도시에서 하룻밤 자고 다음 날 오전에 도착했다.

산기슭에 있는 유바라에서는 거대한 화산을 바라볼 수 있었다. 하늘을 찌를 듯이 우뚝 솟은 산의 꼭대기 부근에 구름이 걸려 있었다.

"휴. 드디어 도착했네."

마부석에서 내린 나는 늘어지게 기지개를 켰다.

"고마워. 이번에도 신세를 졌어."

"어휴, 아닙니다. 나리 일행과 함께 있으면 마물도 걱정할 필요가 없으니까요. 게다가 저번에는 보수도 두둑하게 받았고요."

남자 마부는 두 손을 맞잡아 비비면서 히죽 웃었다.

이전에 에인션트 드래곤을 토벌하러 갈 때 '위험할 수도 있다'는 이유로 일반 요금의 몇 배나 되는 보수를 줬는데, 그게 아직도 고마운가 보다.

"돌아갈 때까지는 편히 쉬어도 돼."

"네. 저도 온천에 들어갈 겁니다. 나리의 아름다운 따님들과 혼욕을 하는 것도 괜찮을 것 같은데요."

"내 눈에 흙이 들어가기 전에는 절대로 용납 못 해."

"하하, 농담이에요, 그렇게 정색하지 마세요. 나리처럼 강한 분이 그런 표정을 지으면 무서워서 지릴 것 같다고요…….”

거듭 신경 써서 단단히 주의를 시켜야지.

누가 우리 딸들을 건드리게 놔두진 않을 것이다. ……혹시 내가 과보호 부모인가? 아니, 하지만 이것은 부모로서 당연한 행동일 것이다. 응, 맞아.

“계속 앉아 있었더니 엉덩이 아파―.”

메릴이 엉덩이를 문지르면서 중얼거렸다.

“빨리 온천에 들어가자! 온천!”

“안 됩니다. 우선 마물을 해치워야 해요.”

“에이― 괜찮아. 온천에 다녀온 다음에 해도 돼. 지친 몸으로 전투에 임했다가는, 약한 적한테도 맥없이 당할지도 모르잖아?”

그러더니 메릴은 이어서 말했다.

“자, 그래서 나는 아빠와 함께 온천에 갈 거야――♪”

“뭐? 저기, 메릴…….”

메릴은 내 팔을 붙잡고 온천으로 가려고 했다. 그런데 그때.

“잠깐만, 여행 오신 분들. 우리 마을의 온천에 들어가려는 건가? 그럼 지금은 관두는 게 좋을 거야. 자기 목숨이 소중하다면.”

누군가가 우리 딸들을 말렸다.

그들의 진로를 가로막고 서 있는 것은 한 노인이었다.

대머리인데 하얀 턱수염을 기르고 있었다. 천으로 된 로브를 걸치고 나무 지팡이를 짚고 있었다. 이 마을 사람인 게 분명했다.

“그게 무슨 말씀이시죠?” 하고 엘자가 물어봤다.

"우리 마을 온천에서는 지금 독가스가 발생하고 있어. 들어가는 사람에게 휴식이 아니라 죽음을 선사하는 꼴이지."

"""""네?!"""""

우리는 서로 얼굴을 마주 봤다.

"독가스라고요?"

"음, 그래. 마을 부근에 자리 잡은 두더지 마물들이, 온천물이 나오는 수로에다가 독가스를 발생시키는 물질을 혼입시키고 있는 것 같아. 그래서 우리 장사는 완전히 끝장났어. 온천은 이 마을의 유일한 관광자원인데."

"온천에 들어갔다가 하마터면 진짜로 천국에 갈 뻔했구나—."

"메릴. 그 농담은 하나도 안 웃겨요……."

깔깔 웃는 메릴에게 엘자는 기막혀하는 것처럼 말했다.

노인은 이야기했다.

"모험가 길드에 토벌 임무를 의뢰했는데……. 이쪽도 자금난이라서 충분한 보상금도 지불할 수 없거든. 그래서 아무 데서도 받아주지 않았어."

'하지만' 하고 노인은 말을 이었다.

"얼마 전에 드디어 그 일을 받아주는 모험가가 나타난 것 같아. 그래서 우리는 지금 그 모험가들을 목 빠지게 기다리는 중이야."

나는 그 말을 듣고 쓴웃음을 지었다. 그리고 고개를 숙였다.

"죄송합니다. 오래 기다리셨죠?"

"——아니, 그럼 혹시 자네들이 그 모험가들인가?"

"네. 늦었지만 급히 달려왔습니다."

"오! 그것참 고맙구먼! 그래, 잘 왔어!"

노인은 눈을 크게 뜨면서 내 손을 덥석 붙잡았다.

"이 마을은 자네들이 희망의 빛이야. 부디 저 끔찍한 마물들을 토벌해서 이 마을의 온천을 되찾아주시게."

"네, 저희만 믿으세요."

"안 그러면 온천에 들어가지도 못하니까—." 메릴이 말했다.

"아무것도 걱정할 필요 없어. 모험가 길드 최고의 실력자가 두 명이나 있으니까. 눈 깜짝할 사이에 마물을 해치우고 올게."

"그래, 기대할게."

노인은 그렇게 말했다.

"나는 이 마을의 촌장이야. 온천이 부활한다면 그때는 온천 여관을 통째로 빌려줄게. 물론 무료로."

"그래도 괜찮으시겠어요?"

"우리 마을의 온천이 원래대로 돌아온다면 그 정도는 별것도 아니지. 하지만 꼭 조심해야 해. 마물들은 만만치 않거든. 우리 마을의 강한 놈들이 한꺼번에 덤벼들었는데도 전혀 소용이 없었어. 아무리 모험가여도, 방심하면 험한 꼴을 당할 거야."

굳이 말해주지 않아도 알았다. 아무리 자기보다 약한 상대여도 마물은 마물이다. 아주 조금만 방심해도 역습을 당할 가능성도 없지는 않았다.

정신 바짝 차리고 전력을 다해서 적을 해치우러 가야겠다.

# 제13화

마을을 떠난 우리는 촌장이 가르쳐준 마물의 소굴로 향했다.

마물의 소굴은 화산 기슭의 숲속에 있었다.

수령이 최소 수백 년은 되어 보이는 거목들이 늘어서 있고, 넓게 펼쳐진 잎사귀들이 햇빛을 가리고 있었다. 그래서 대낮인데도 그곳만 영원한 밤의 공간처럼 보였다.

바위산에는 커다란 생물의 아가리 같은 구멍이 뚫려 있었다. 좀 떨어진 곳에서 들여다봤다. 아마도 그 구멍은 지하 깊숙한 곳까지 이어져 있는 것 같았다.

"틀림없이 여기가 그놈들의 소굴일 거다. 농밀한 장기가 느껴져."

"응, 그런 것 같네. 난 전투에는 문외한이지만, 이 안에서는 왠지 다가가기 힘든 불길한 기운이 강하게 느껴져."

그러면서 안나는 굴속을 들여다보며 얼굴을 찌푸렸다.

"더구나 이상한 냄새도 나. 와, 너무 싫다."

"상대는 밤눈이 밝은데 저희는 그렇지 않아요. 게다가 상대는 당연히 소굴 내부 구조를 파악하고 있습니다."

"지형적으로는 적이 훨씬 유리하다는 뜻이지?"

안나의 말에 엘자는 고개를 끄덕거렸다.

"하지만 여기서 가만히 있을 수는 없습니다. 이러는 동안에도 마을 주민 여러분은 곤경에 처해 있을 테니까요."

"엘자. 잠깐만. 성급하게 굴지 마."

무모하게 적의 소굴로 들어가려고 하는 엘자. 나는 그 어깨를 붙잡으면서 말렸다.

"그렇게 고지식하게 적이 유리한 곳으로 친히 들어가서 싸워줄 필요는 없잖아? 우리가 더 유리해지는 곳으로 적을 끌어내면 돼."

"아…… . 적을 유인한다는 겁니까? 그런데 무슨 수로 그러죠? 두더지는 지상으로는 안 나오지 않나요?"

"아냐, 쉬운 일이야. 그럴 수밖에 없는 상황을 만들어내면 돼. 이봐, 메릴."

내가 불렀더니 메릴은 "응—?" 하고 천진난만한 얼굴로 이쪽을 쳐다봤다. 이리 오라고 손짓하자, 메릴은 강아지처럼 냉큼 뛰어 왔다.

나는 조용히 귓속말했다.

"어때? 할 수 있어?"

"우후후—! 나한테 다 맡겨!"

메릴은 엄지와 검지를 붙여 오케이 사인을 만들었다.

나와 메릴은 적의 소굴 입구에 나란히 섰다. 여기서부터 앞쪽은 경사면이었다. 끝을 알 수 없는 어둠이 아가리를 쩍 벌리고 기다리고 있었다.

"나랑 아빠의 공동작업—♪"

"응, 그렇지. 하지만 묘한 뉘앙스로 말하지는 마."

나는 씁쓸하게 웃으며 손바닥을 들어 올렸다.

메릴도 뒤따라 했다.

두 개의 마법진이 허공에 떠올랐다.

""워터 스플래시!""

서로 딱 맞춰 주문 영창을 끝내자, 푸르게 빛나는 마법진에서 대량의 물이 발사됐다. 그 물은 경사면을 타고 굴속으로 흘러 들어갔다.

조금 전까지 조용했던 저 암흑의 밑바닥이 갑자기 시끌시끌해졌다.

비명, 그리고 당황한 듯한 울음소리.

뜬금없이 대량의 물이 흘러들어오자 패닉 상태에 빠진 듯했다.

"아하, 그래. 물고문 작전이구나. 적의 소굴을 물바다로 만들어버리면 지리적 이점을 없앨 수 있지. 적의 전력도 크게 약화될 테고."

안나의 추측은 정확했다.

굳이 불리한 전장에 스스로 뛰어들 필요는 없다.

평범한 마법으로는 이런 작전은 수행할 수 없다.

상급 물 마법을 구사할 수 있는 나와 메릴이 있기에 가능한 것이다.

"엘자, 우리보다 좀 더 앞에 서 있어."

"네? 아, 네."

"조금만 더 기다리면, 갈 곳을 잃어버린 적들이 이쪽으로 도망쳐 나올 거야. 엘자, 너는 그때 즉시 그들을 공격해."

"──알겠습니다!"

의도를 파악한 엘자는 용감하게 전선에 섰다. 그리고 검을 들었다.

그 검이 실력을 발휘하기까지는 별로 오래 기다릴 필요도 없었다.

쿵쾅쿵쾅 급히 움직이는 발소리가 이쪽으로 다가왔다. 암흑 속에서 어디로든 도망치려고 지상으로 뛰어 올라오는 두더지 마물들의 모습이 보였다.

그놈들은 엘자의 모습을 보자마자 화들짝 놀랐다. 그러나 그 직후에는 적의를 드러내더니, 갈고리발톱을 휘두르면서 엘자를 공격했다.

하지만 그런 것은 엘자의 적수가 될 수 없었다.

"──하앗!"

망설임 없이 휘두른 검이 두더지들의 몸통을 베었다.

그놈들은 아무런 반응조차 하지 못하고 하나둘씩 털썩 바닥에 쓰러졌다.

'신속(神速)'이라고 칭찬받을 정도로 뛰어난 검술이니까. 고작 이런 마물이 그것을 막아낼 수는 없었다.

마치 날아오는 공을 차례차례 치는 것처럼 엘자는 이쪽으로 도망쳐 나온 두더지들을 베어냈다. 매번 조금도 방심하지 않고 진지하게 검을 휘둘렀다.

이윽고 소굴 속에서 물이 넘쳐흘러 우리의 발밑까지 올라왔다.

격류 속에서 제대로 헤엄치지 못하고 결국 익사해버린 걸까.

목숨을 잃은 두더지들이 둥둥 떠올랐다.

"좋아, 일단 이 정도면 대충 해치운 거지?" 안나가 말했다.

"그런 것 같지—? 저 굴속은 완전히 물에 잠겼으니까."

"그런데 역시 아빠랑 메릴은 굉장하네. 물 마법으로 적의 소굴을 통째로 침수시키다니. 안에 들어가 보면 틀림없이 엄청난 규모일 거야."

안나가 감탄한 것처럼 그렇게 말했다. 그런데 그 순간.

나와 엘자는 거의 동시에 기척을 감지했다. 지독하게 농밀한 장기가 바로 옆까지 확 다가와 있었다.

——어디지?

나는 시선을 재빨리 옮겼다. 안나의 발밑을 봤다.

"——안나! 거기서 비켜!"

"응?"

안나의 발밑에 있는 땅바닥이 불룩 솟아오르려는 것이 보였다.

그 순간 나는 폭발적으로 몸을 날렸다.

안나를 끌어안고 그대로 바닥으로 몸을 던졌다. ——그 직후, 좀 전까지 안나가 있었던 장소를 뭔가가 날카롭게 할퀴었다. 땅속에서 튀어나온 갈고리발톱이었다.

조금만 더 늦게 반응했더라면 지금쯤 안나는 그 발톱에 꿰였을 것이다.

『쳇. 빗나갔나 보군.』

땅속에서 불쾌하다는 듯이 혀를 차는 소리가 들려왔다.

나는 안나를 끌어안고 바닥에 쓰러진 상태로 고개만 치켜들었다.

조금 전까지 우리가 서 있었던 지면에는 커다란 구멍이 뻥 뚫려 있었다. 그리고 지금까지 본 두더지들과는 차원이 다를 정도로 거대한 두더지 마물이 거기에 우뚝 서 있었다.

몸길이는 5m쯤 되어 보였다.

흉악한 눈매와 적갈색 표피. 뚱뚱하게 살이 오른 비만 체형.

"네가 이 굴의 보스인 것 같구나."

인간의 언어로 이야기하는 것만 봐도 틀림없어 보였다.

일정 이상의 힘과 지성을 겸비한 마물만 인간의 언어를 이해할 수 있다. 저 녀석이 평범한 두더지 마물과는 다르다는 증거였다.

『잘도 우리 아지트에다 물을 들이부었구나. 네놈들 때문에 아지트는 물바다가 됐다. 이 몸의 귀여운 부하들이 모조리 죽어 버렸어.』

보스 두더지는 우리를 똑바로 쏘아봤다.

『네놈들. 이 죗값은 어떻게 치를 거냐?』

"먼저 우리를 괴롭힌 것은 너희들이잖아. 온천물이 나오는 수류에 독소를 섞었지?"

『그래, 그건 확실히 우리가 한 짓이다. 우리한테는 독소는 안 통하니까. 마을의 인간들을 쫓아내고 점거할 생각이었다.』

보스 두더지는 이중 턱을 쓰다듬으면서 말했다.

『한낱 인간들에게 그 온천을 주자니 너무 아깝잖아. 그것은 우리가 가질 거야.』

"그렇게 놔둘 수는 없어. 너희를 쓰러뜨리고, 온천물을 정화할 거다."

『할 수 있으면 해봐. 그 전에 이 몸이 먼저 너희를 죽일 것이다. 귀여운 부하들의 원수를 갚아주마!』

보스 두더지는 몸을 확 움츠리더니, 그 거체에 어울리지 않게 높이 뛰었다. 그리고 풍뚱한 배로 우리를 눌러 죽이려고 했다.

저 거체를 직접 막아내기는 어려웠다.

"얘들아! 일단 피하자!"

호령에 맞춰서 나와 우리 딸들은 일제히 점프해서 후퇴했다. 쿵! 하고 대지 전체가 뒤흔들리는 소리가 났다.

잠시 후 느릿느릿 동굴 입구에서 보스 두더지가 기어 나왔다.

『쳇. 촐랑촐랑 잘도 도망치는구나……!』

보스 두더지는 핏발 선 눈으로 우리를 째려봤다.

갈고리발톱을 입에 대고 휘파람을 불었다.

그 소리에 호응하듯이 두더지 잔당이 뛰쳐나왔다.

대충 봐도 열 마리 이상은 될 것 같았다.

그놈들이 우리를 포위했다.

인원수만 보면 형세 역전이니까. 자기들이 우위라고 생각했나 보다.

보스 두더지는 업신여기는 듯한 미소를 지었다.

『크크큭. 너희는 우리를 함정에 빠뜨렸다고 생각하나 본데, 실은 우리가 너희를 함정에 빠뜨린 거다.』

"그게 무슨 소리야?"

『주의 깊은 이 몸께서는 미리 그 마을에 스파이를 파견했단 말이다. 마을 사람들은 모험가 길드에다가 우리를 토벌하는 일을 의뢰했을 텐데. 안 그래?』

"그래. 맞아. 그래서 지금 우리가 여기 있는 거다."

『모험가 길드는 우리를 토벌하는 것을 C랭크 임무라고 규정한 것 같던데. ──그것은 바로 이 몸의 존재를 제외하고 평가한 것이지. 지금과 같은 만약의 사태를 상정해서, 이 몸은 마을 녀석들에게 자신의 존재를 들키지 않도록 쭉 숨겨왔거든.』

보스 두더지는 자신의 똑똑함을 과시하는 것처럼 말했다.

『이 몸의 존재를 추가한다면 토벌 난이도는 B랭크 이상이 될 거다. 어쩌면 A랭크 수준이라고 평가받을지도 몰라. 모험가 길드가 규정한 토벌 난이도에 의하면 아마도 C랭크 수준의 모험가──즉, 너희들이 파견됐을 거다. 유감이지만 이 몸은 너희들과는 완전히 격이 다른 강자야.』

보스 두더지는 살이 두둑한 턱을 쓰다듬으면서 우리를 내려다봤다.

"스파이를 보내서 모험가 길드의 동향을 살폈다고? 그건 대단한데."

심지어 자신의 존재를 숨김으로써 일부러 임무 랭크를 낮추다니.

제법 똑똑한 두더지구나.

『아까 그 기습은 훌륭했지만, 정공법으로는 이 몸을 이기지 못할 것이다. 더 이상 너희들에게는 승산이 없어!』

자기들의 승리를 100% 확신하는 것 같았다.

보스 두더지는 커다란 배를 출렁거리면서 소리 높여 웃었다. 주위에 있는 부하들도 그걸 따라 하는 것처럼 와하하 시끄럽게 웃었다.

"으음─. 그건 확실히 대단하지만……."

웃고 있는 두더지들 앞에서 안나는 불쌍해하는 표정을 짓고 있었다. 그 눈빛에는 동정의 빛이 섞여 있었다.

"역시 그 정도가 두더지의 한계인가?"

『뭐라고? 흥, 우리를 얕보면 큰코다칠걸?』

보스 두더지가 호령했다.

그러자 부하 두더지들이 일제히 공격을 개시했다.

"아버님. 여기는 저에게 맡겨주세요."

엘자가 한 발 앞으로 나서서 검을 겨눴다.

잔잔한 바다처럼 가만히 서서 움직이지 않았다.

그 와중에도 두더지들이 이쪽으로 달려들었다.

『우리의 박력에 압도돼서 꼼짝도 못 하는 거냐?! 하하, 좋아! 우선 너부터 갈가리 찢어주마!』

두더지들을 최대한 가까이 끌어들이더니.

그놈들이 공격 범위 내에 들어오자마자 검을 휘둘렀다.

일제히 덤벼들던 두더지들은 엘자가 있는 곳까지 도착하지도 못하고 마치 파리처럼 힘없이 후드득후드득 바닥에 떨어졌다.

『억……?! 뭐야, 내 귀여운 부하들을 일격에 해치우다니……?!』

너무나 쉽게 박멸된 두더지들. 그걸 본 보스 두더지는 동요했다. 그리고 보니 저 녀석은 아까 땅속에 있었으므로, 엘자의 전투 장면은 지금 처음 봤을 것이다.

주춤거리는 보스 두더지 앞에서 안나가 질문하듯이 이런 말을 했다.

"저기, 있잖아. 당신은 그런 생각 안 해봤어? C랭크 토벌 임무라고 해서 꼭 C랭크 모험가가 오라는 법은 없거든?"

『뭐라고? ……그럼 설마, 너희는 B랭크 모험가인 거냐?』

"응? 아, 그러고 보니 나는 무슨 랭크지—?"

"메릴. 당신은 모험가 면허가 없으니까 모험가가 아니야. 그런 외부인을 토벌 임무에 동행시킨 나도 좀 정상은 아니지만."

어리둥절한 메릴에게 안나가 자조적으로 그렇게 말했다. 안나는 보스 두더지를 다시 돌아보더니, 그 뚱뚱한 거체를 올려다봤다.

"그럼 가르쳐줄게. 여기 우리 아빠는 과거에 신동이라고 칭찬이 자자했던 A랭크 모험가야. 그리고 여기 엘자는——사상 최연소 S랭크 모험가야."

『A랭크 모험가와 S랭크 모험가라고……?!』

보스 두더지의 표정이 눈에 띄게 변했다.

여유롭던 미소가 사라졌다.

『말도 안 돼! 그렇게 랭크가 높은 모험가가 왜 C랭크밖에 안 되는 토벌 임무를 맡은 거야?! 너희들, 괜히 허풍 치는 거지?!』

"아니. 미안하지만 그게 사실이야."

나는 쓴웃음을 지으며 말했다.

"실은 가족들끼리 힐링 여행을 하고 싶었거든. 그런데 마침 온 천지의 토벌 임무가 있다고 해서, 그걸 맡기로 한 거야."

『헉―?! 그럼 여행하면서 겸사겸사 우리를 토벌하러 온 거냐?!』

"응, 대충 그런 거지. 미안해."

『……….』

자기들은 여행의 서브이벤트 수준으로 토벌당하는 존재였다.

그 사실이 어지간히 충격적이었나 보다.

보스 두더지는 악몽이라도 꾸는 것처럼 멍한 표정을 짓고 있었다. 그러나 감정을 잃었던 그 표정이 금방 분노로 뒤덮였다.

『젠장, 웃기지 마! A랭크든 S랭크든 뭔 상관이야?! 그냥 지금 여기서 너희를 해치우면 이 몸이 이기는 거다!』

하긴, 그건 저놈의 말이 옳다.

랭크니 뭐니 하는 지위는 싸움터에서는 아무런 의미도 없었다.

이기느냐 지느냐. 사느냐 죽느냐. 단지 그뿐이다.

다만――높은 랭크의 모험가 지위를 획득한 인간은 대체로 그에 걸맞은 실력을 가지고 있는 법이라서.

자칭 A랭크 실력자라는 보스 두더지가 위에서 아래로 휘두르

는 갈고리발톱 정도는, 엘자나 나나 둘 다 아무렇지도 않게 막아
낼 수 있었다.

『──억?!』

너무 쉽게 공격이 막혀버리자, 보스 두더지는 경악하여 눈을
휘둥그렇게 떴다.

그대로 나는 검을 휘둘렀다.

횡!

잘려 나간 보스 두더지의 갈고리발톱이 바닥에 떨어졌다.

『아, 아니, 내 갈고리발톱이……?!』

주요 공격 수단을 잃어버리고 허둥거리는 보스 두더지. 나는
그에게 말했다.

"미안. 이제 슬슬 끝내야 해. 이동하면서 땀을 흘렸고, 날도 저
물어 가잖아. 마을 온천에 들어가서 푹 쉬고 싶어."

온천이 이번 원정의 메인이벤트라는 사실을 철저히 강조했다.

보스 두더지의 자존심은 완벽하게 뭉개졌을 것이다.

『크, 크오오오오오오옷!』

예상대로 그놈은 분노로 이성을 잃고 덤벼들었다.

이런 때는 우선 냉정해져야 하는데.

보스 두더지는 남아 있는 나머지 한쪽 갈고리발톱으로 나를 할
퀴려고 했다.

그러나 그놈의 공격이 나에게 닿는 것보다도, 내가 휘두르는
검이 그놈의 거대한 몸뚱이를 어깻죽지부터 허리까지 비스듬히

베는 것이 훨씬 빨랐다.

　보스 두더지의 눈이 뒤집혔다. 그 거체가 바닥으로 쓰러졌다.

　쿵 하고 땅 울림이 울려 퍼진 후. 그놈은 더 이상 움직이지 않게 되었다.

# 제14화

두더지 잔당이 없나 확인해봤다. 그리하여 한 놈도 남기지 않고 토벌했음을 확인한 뒤 우리는 유바라 마을로 돌아왔다.

정문을 통과하자 촌장이 우리를 맞이해줬다.

두더지 마물들의 소굴을 완전히 파괴했다는 사실을 보고했다. 보스 두더지까지 포함해 전원을 토벌했으니까 이제는 괜찮을 거라고 했다.

"그래. 그 녀석들을 무사히 토벌해준 건가. 이루 말할 수 없이 고맙다. 자네들 덕분에 이 마을도 이제는 괜찮을 것 같아."

촌장은 내 손을 잡고 거듭해서 고맙다고 말했다.

이로써 이 마을은 온천이라는 소중한 관광자원을 되찾았다.

"아, 온천 말인데. 밤이 되면 독소 정화도 끝나서 들어갈 수 있을 거야. 자네들이 맨 먼저 사용해주면 좋겠어."

"고맙습니다. 그럼 감사히 그 제안을 받아들이겠습니다."

밤이 되려면 아직은 시간이 좀 있었다.

이미 촌장이 이 마을에서 제일 호화로운 여관의 방을 잡아줬으므로, 그곳에 가서 유카타로 갈아입기로 했다.

시원한 옷을 입고 나서 우리는 마을을 돌아다니며 관광하기 시작했다.

기념품 가게를 살펴보기도 하고, 특산품을 먹어 보기도 하고. 그러다 보니 어느새 해가 졌다. 밤하늘에는 거울 같은 달이 떠 있었다.

우리는 촌장의 안내를 받아 마을 안쪽에 있는 온천으로 이동했다.

온천 앞에는 탈의장인 목조 건물이 있었다.

오른쪽으로 들어가면 남성용. 왼쪽으로 들어가면 여성용이 나왔다.

우리는 서로 이야기를 나누고 나서 좌우로 갈라졌다.

메릴은 아빠랑 같이 갈래! 하고 떼를 썼지만, "됐으니까 우리와 같이 가자" 하고 안나한테 멱살 잡혀 끌려갔다.

나는 쓴웃음을 지으며 그 광경을 지켜봤다. 그 후 탈의실에 들어갔다.

유카타를 벗고 잘 개서 바구니 안에 넣었다.

미닫이문을 열고 밖으로 나가자, 눈앞에는 온천이 펼쳐져 있었다.

줄줄이 서 있는 나무들 사이로 바위에 둘러싸인 온천이 있는 것이었다.

뭉게뭉게 수증기가 피어오르고 있었다.

먼저 간단히 샤워한 다음에 온천탕 안으로 발을 들여놓았다.

어깨까지 푹 담갔다. 발끝에서 어깨까지 따뜻한 기운이 골고루 퍼져나갔다.

나도 모르게 휴 하고 한숨을 쉬었다.

온몸에 들러붙어 있던 무거운 녹이 떨어져 나가는 것 같았다.

이 넓은 노천온천을 우리가 독차지하다니. 정말 끝내주게 좋았다.

마음껏 행복을 만끽하고 있는데 갑자기 문 열리는 소리가 들렸다.

뭐야, 다른 손님인가?

하지만 촌장이 오늘은 우리한테 통째로 빌려준다고 했는데…….

"우와─. 넓다──!"

"와, 진짜. 이렇게 멋진 곳을 대절하다니. 너무 호사스럽네?"

"온천에 들어가는 게 도대체 얼마 만일까요."

어라? 이건 어디서 들어본 적 있는 목소리인데…….

수증기 너머를 쳐다보니, 그곳에는 나의 세 딸이 있었다.

엘자와 안나는 수건으로 몸을 감쌌지만, 메릴은 알몸이었다.

아니, 잠깐만. 저 애들이 도대체 왜 나와 같은 욕탕으로 들어온 거지?

내 딸들이 들어온 문을 봤다. 그곳에는 여자 탈의실이라는 글자가 적혀 있었다. 아하, 그렇군. 이 온천은 탈의실은 따로지만, 안쪽은 혼욕인가 보다.

내가 실수한 게 아니란 사실을 깨닫고 안도의 한숨을 쉬었다.

그런데 다 큰 딸들과 함께 목욕탕에 들어가도 되는 걸까? 게다가 우리 딸들도 내가 없으면 더 편안하고 자유롭게 쉴 수 있지 않을까.

음, 그래. 일단 욕탕에서 나갔다가, 나중에 다시 들어오자…….

다행히 이 온천은 수증기가 자욱했다. 들키지 않고 탈의실로 돌아가는 것은 가능했다.

나는 아이들에게 들키지 않고 탈의실로 돌아간다는 스텔스 미션을 수행하기 위해서 몸을 움직이려고 했다. 그런데 그때.

"앗. 아빠다ー♪"

메릴이 나를 향해 손가락질하면서 소리를 질렀다.

두근. 심장이 뛰었다.

엘자와 안나의 시선이 일제히 이쪽을 향했다.

"뭐? 어디?"

"수증기가 심해서 안 보이는데요…….."

아직 안 들켰다. 두 사람은 내 모습을 확인하지 못했다. 아니, 그보다 메릴은 어떻게 수증기 속에서 나를 발견할 수 있었던 걸까?

"윈드 블로!"

앗, 메릴! 이런 데서 바람 마법을 쓰지 마!

일진의 바람이 불어와서, 내 모습을 가려주던 수증기를 날려버렸다.

모든 것이 선명하게 드러난 세상에서 우리는 대치하게 되었다.

"…………."

"…………."

엘자와 안나는 한동안 얼음처럼 굳어 있더니.

"아, 아버님, 왜 여기 계시는 거예요?!"

"아빠! 여긴 여탕이거든?!"

"아, 아냐, 알고 보니 이 온천은 혼욕인 것 같아! 저, 저거 봐. 너희들이 방금 들어온 문의 반대편에 남자 탈의실이 있잖아?"

나는 황급히 남자 탈의실 문을 가리켰다.

"그러니까 난 여탕에 숨어 들어온 게 아니야! 믿어줘!"

딸의 알몸을 보려고 몰래 숨어 들어오는 변태 아버지라고 낙인 찍히고 싶진 않았다! 그래서 딸들이 나를 싫어하게 된다면, 나는 진짜로 절망할 것이다.

그런데 그때.

"흠. 그랬구나. 그런 것은 미리 입구에 써놓으면 좋을 텐데."

"그러게요. 아버님이 일부러 여탕에 들어올 리가 없잖아요?"

안나와 엘자는 둘 다 납득한 것 같았다.

다행이다…….

간신히 아버지의 체면을 지킬 수 있었다.

"응, 그런데. 뭐야? 아빠는 왜 탕에서 나오려고 했던 거야?"

"난 이따가 다시 들어가려고 했지. 너희가 온천 목욕을 마친 다음에. 내가 있으면 너희들도 편하게 쉴 수 없거 같아서."

"어휴, 무슨 소리를 하는 거야? 남남처럼. 그냥 같이 목욕하면 되잖아, 응?"

안나가 다른 둘에게 동의를 구했다.

"네. 저도 아버님과 함께 목욕하는 것은 반대하지 않아요."

아니, 엘자. 정말 그래도 괜찮아?

"난 처음부터 아빠와 같이 목욕하고 싶었어. 후후, 잘됐다―♪"

메릴은 강아지처럼 나한테 안겼다.

"저기, 메릴, 그 전에 우선 수건부터 둘러!"

"응? 왜—?"

"다 큰 처녀가 함부로 남한테 맨살을 보여주면 안 돼!"

"후후. 아빠, 그런 말투는 꼭 아저씨 같아."

안나가 나를 놀렸다. '같다'가 아니잖아? 난 실제로 아저씨 나이니까.

"내가 알몸을 보여주는 것은 아빠한테만 그러는 거니까. 괜찮아♪"

안 괜찮아!

오히려 그게 제일 안 괜찮은 것 같은데?!

"……어쨌든 나는 씻고 올게. 너희들은 느긋하게 온천에 들어가 있어."

나는 물속에서 빠져나와 몸을 씻는 곳으로 갔다.

그곳에 설치된 의자에 앉았다.

그리고 뒤를 돌아보면서 의아하게 물어봤다.

"──왜 너희들까지 쫓아오는 거야?"

"모처럼 가족들끼리 모였으니까. 아빠 등이라도 밀어주고 싶어서."

안나가 웃으며 그렇게 말했다.

그러자 옆에 있는 엘자와 메릴도 고개를 끄덕거렸다.

"아니 얘들아, 그러지 마. 길드 마스터와 기사단장과 현자님이 등을 밀어주겠다니, 그건 너무 황송해서 불편해."

"왕도에서의 지위는 탈의실에다 벗어놓고 왔어. 지금 우리는 아버지와 딸이야. 그렇게 생각하면 하나도 안 이상하잖아?"

"가끔은 저희도 효도하고 싶어요. 허락해주세요."

"아빠도 우리한테 어리광부려도 돼—!"

딸들은 물러서지 않을 것 같았다.

……애들이 고맙게도 호의를 베풀어주는데 그걸 무시하기도 미안했다.

"응, 알았어. 그럼 잘 부탁할게."

쓴웃음을 지으면서 나는 결국 딸들에게 등을 밀어 달라고 부탁하기로 했다.

내가 의자에 앉아 있자, 엘자는 비누 거품을 묻힌 타월로 내 등을 밀어줬다. 딸들이 번갈아 가면서 밀어줬다.

"그런데 참 작았던 우리 딸들이 지금은 이렇게 잘 컸구나. 세월의 흐름이 너무 빨라서 정말 놀라워."

옷을 다 벗은 이 목욕탕이라는 환경에서 무방비해진 걸까.

나도 모르게 진심으로 중얼거렸다.

"문득 그런 장면이 떠올랐어. 성장한 자식이 부모님의 등을 밀어줄 때, 그 넓었던 부모님의 등이 이제는 작아졌다고 느끼는 한 장면이."

"어휴, 무슨 말을 하는 거야? 아빠는 여전히 완벽한 현역이잖아."

안나가 어처구니없다는 듯이 말했다.

"네, 맞아요. 아버님의 등은 제가 어렸던 그 시절부터 지금까지도 여전히 넓기만 해요. 아무것도 변하지 않았습니다."

"그런데 모험가인데도 아빠 등에는 상처가 하나도 없네? 신기해."

"아버님의 용감함이 잘 드러나는 것 같아서 저는 정말로 좋아해요. 아버님의 등을. 저도 언젠가는 아버님과 같은 경지에 도달하고 싶어요."

"있잖아, 아빠. 이번에는 내 등을 밀어줘♪ 물론 손으로 직접—."

"메릴. 당신은 좀 전에 '아빠도 우리한테 어리광부려도 돼'라고 했잖아? 그런데 반대로 아빠한테 어리광부리면 어떡해?"

"나랑 아빠는 서로에게 어리광부리고, 어리광 받아주는 관계야."

그러면서 메릴은 뺨에 손가락을 대고 수줍은 듯이 말했다.

"보통 사람들은 그런 관계를 '부부'라고 하지. 우후후."

"안 해. 메릴과 아빠는 딸과 아버지 관계야."

"지금은 그렇지. 지금은."

"메릴. 그게 무슨 뜻이지요?! 아버님과 메릴은 장래에 아버지와 딸 이상의 관계가 될 거라는 뜻입니까?"

"응? 맞아, 그런데?"

"안 됩니다! 가족끼리 그런 짓은 용납할 수 없어요!"

"괜찮아—. 나랑 아빠는 가족이지만 피가 이어지진 않았으니까—. 우리끼리 자식을 낳는 것도 얼마든지 가능해♪"

그때 갑자기 메릴은 뭔가 생각난 것처럼 손가락을 곧게 세웠다.

"아. 맞다. 우리가 다 함께 아빠의 자식을 낳으면 되잖아? 그러면 가족도 늘어서 지금보다 더 행복해질 거야."

"네에에에엣?! 아, 아버님과 우리의 자식이라고요?!"

메릴의 제안에 엘자는 얼굴이 새빨개지면서 동요했다.

"나 참, 무슨 헛소리를 하는 거야?"

안나가 어깨를 으쓱했다.

"메릴은 일단 예외로 치더라도, 나랑 엘자는 육아를 할 시간 따위는 없어."

그게 문제가 아니라고 생각하는데.

"그럼 안나와 엘자의 자식을 내가 키워주면 되잖아? 시간 있는 사람이 육아하면 되는 거야."

"그래, 그건 확실히 논리적으로 말이 되네. 공동체가 육아한다. 그렇다면 나와 엘자가 교대로 육아 휴직을 신청하는 것도 가능할 거야."

"아니, 애들아! 그게 문제가 아니잖아?!"

우선 나와 결혼한다는 부분에 대해 이의를 제기해줘!

나도 모르게 쓴웃음을 지었다.

우리 딸들은 지난 십수 년 사이에 멋지게 성장했지만, 심각한 파더콤이라는 점은 조금도 변하지 않은 것 같았다.

# 제15화

온천에 들어갔다가 하루는 느긋하게 여관에서 쉬고 나서 왕도로 돌아왔다.

이번 임무로 몸도 마음도 마치 악령이 떨어져 나간 것처럼 활력을 되찾았다.

오늘부터는 또다시 바쁘게 일하는 나날이 시작될 것이다.

당장 마법 학교에서 강사 일을 하게 되었다.

평소처럼 담당 과목 수업을 하고, 학생들의 질문에 대답하고, 경쟁심을 불태우는 내 동료 노먼을 적당히 상대해주는 사이에 하루 업무가 끝났다.

──오늘 하루도 열심히 일했구나.

그러면서 교무실에서 집에 갈 준비를 하고 있었는데.

"카이젤 선생님. 오늘도 고생하셨어요. 저…… 혹시 지금, 시간 있으세요?"

동료인 이레네가 말을 걸었다.

이레네는 쿨하고 지적인 안경 쓴 미인이다.

그런데 지금은 어쩐지 몹시 긴장한 것처럼 보였다.

"네. 괜찮은데요. 무슨 일이시죠?"

나는 이야기를 계속해보라고 했다.

"저번에 교육에 관해 카이젤 선생님과 이야기를 나눠보고 싶다고 했는데요. 기억하시나요?"

목소리를 들어보니 다소 흥분한 것 같았다.

"네, 기억합니다. 그런데요?"

"저, 그러면⋯⋯."

말꼬리를 흐리는 이레네. 자기 자신을 진정시키려는 것처럼 안경의 둥근 코걸이를 손가락으로 쑥 밀어 올리려고 했다.

그 행동은 이레네의 습관이었다.

그러나 긴장한 나머지 손가락이 떨려서, 안경 코걸이도 덜덜 떨리고 있었다.

흡— 휴—, 흡— 휴—, 그렇게 심호흡을 하고 나서. 이레네는 입을 열었다.

"괘, 괜찮으시다면, 오늘 저녁에 같이 식사하시지 않을래요?!"

당황했기 때문일까. 말하는 내용의 적정량을 초과하는 목소리가 튀어나왔다.

교무실에 있던 강사들이 무슨 일이지? 하고 일제히 이쪽을 쳐다봤다.

바라지도 않았던 시선 세례를 받은 이레네는 고개를 푹 숙였다. 얼굴이 빨개져 있었다. 귀가 불타버리지 않을까 걱정될 정도였다.

"식사요?" 하고 나는 중얼거렸다.

"물론, 억지로 하실 필요는 없어요! 카이젤 선생님도 바쁘실 테니까요! 저 같은 사람과 식사를 하러 갈 정도로 한가하시지는 않을 테고——."

"좋아요. 식사하러 갑시다."

"그렇죠?! 역시 저 같은 사람과 함께 식사를——어, 어?"

이레네는 어리둥절한 표정을 지었다.

삐뚤어진 안경테를 손으로 누르면서 머뭇머뭇 질문을 했다.

"카이젤 선생님. 방금, 뭐라고 하셨어요?"

"저 같은 사람이라도 괜찮으시다면, 같이 식사하러 갑시다."

"네에에에에엣?!"

이레네는 충격으로 쓰러질 정도로 깜짝 놀랐다.

"어? 왜 그러세요? 혹시 빈말로 그러신 거라면……."

"아, 아닙니다! 설마 승낙해주실 줄은 몰라서 깜짝 놀랐어요! 카이젤 선생님과 단둘이 식사하다니……!"

이레네는 붉어진 뺨을 손으로 누르더니 혼잣말을 중얼거렸다.

"남녀가 가까워지려면 식사를 하는 것이 제일 좋다는 이야기를 들었는데. 이건 혹시, 혹시, 어쩌면, 그렇게 되는 게 아닐까요……?!"

"저, 이레네 선생님?"

"아뇨, 아무것도 아닌데요?! 아무것도 아니에요! 저희는 둘 다 교사로서 서로의 교육론을 공유하는 자리를 마련한 거니까요! 네, 그렇습니다!"

허둥지둥 변명하는 것처럼 열심히 떠들어대는 이레네. 그 모습을 보니, 뭔가 다른 목적이 있는 게 아닐까 하는 의문이 생겼다.

뭐, 어쨌든 때로는 이런 만남도 나쁘진 않을 것이다.


우리는 마법 학교 근처에 있는 일반 술집으로 갔다.

가게 안에는 손님들이 북적거렸다. 안쪽에 있는 자리로 안내되었다.

"이레네 선생님. 어떤 음료를 드실래요?"

"아, 카이젤 선생님과 같은 것으로 할게요."

"네, 여기요. 에일맥주 두 잔 주세요"

나는 여직원에게 말을 건 뒤, 메뉴 중에서 몇 가지 요리도 골라서 한꺼번에 주문했다.

"음─. 그럼 난 오렌지주스로 할까─?"

"응, 그래. 오렌지주스 말이지?"

나는 직원에게 추가로 오렌지주스를 주문했다.

"하긴, 메릴 씨는 미성년자이니까요."

"메릴은 여기 오면 항상 이것을 주문해요."

"머리를 쓴 다음에는 당분이 필요해지거든─."

직원이 가져다준 에일맥주 두 잔은 우리가 받았고, 오렌지주스는 메릴이 손에 들었다. 이어서 메릴이 선창하자, 다 함께 건배했다.

잔을 기울여서 얼음처럼 차가운 에일맥주를 단숨에 확 들이켰다.

하루 일을 마치고 나서 마시는 술은 진짜 최고였다.

휴. 저도 모르게 행복한 한숨이 흘러나왔다.

그리하여 기분 좋게 취했을 때. 나와 이레네는 동시에 질문을 던졌다.

"아니, 왜 메릴이 여기 있는 거야?!"

"어째서 메릴 씨가 여기 있는 거죠?!"

너무나 자연스럽게 있었기 때문에 제때 반응하지 못했다.

메릴은 테이블에 팔꿈치를 대고 양손으로 작은 얼굴을 받친 채, 두 다리를 달랑달랑 흔들면서 즐겁게 웃고 있었다.

"아빠가 이레네 선생님과 같이 밥 먹으러 간다고 하니까, 나도 아빠를 따라가야지— 하고 온 거야."

마법 학교에서 강의가 끝난 뒤, 같이 집으로 돌아가려고 뛰어온 메릴에게 나는 "오늘은 볼일이 있어서 안 돼" 하고 거절했었다.

그 후 메릴이 나를 미행했던 걸까…….

"저기, 있잖아. 나와 이레네 선생님은 지금부터 교사로서 허심탄회한 이야기를 나눌 거야. 그런데 학생인 메릴이 여기 있으면 여러모로 불편해지지 않겠어?"

"아, 괜찮아—. 그때는 내가 귀를 막고 있을게."

"뭐야, 고집이 심하네. 그렇게 술집의 밥을 먹고 싶어? ……하긴, 최근에는 바빴으니까. 외식도 오랜만이긴 하지."

한번 말을 꺼내면 남의 말을 듣지 않는 것이 메릴의 특징이었다.

나는 목덜미를 긁적거리다가 이레네에게 말했다.

"미안해요. 이대로 메릴을 혼자 집으로 돌려보내기도 뭐하니까. 여기 같이 있어도 될까요?"

"아, 네. 네, 그렇게 하세요."

이레네는 어색한 미소를 지었다. 그 후.

"흑……. 모처럼 카이젤 선생님과 단둘이 있게 됐다고 생각했는데……."

아쉬운 것처럼 혼잣말을 중얼거렸다.

그러나 곧바로——.

"——아냐, 하지만 이건 오히려 좋은 기회일지도 몰라. 여기서 메릴 씨의 신뢰를 획득한다면, 따님이 공인해준 관계가……."

"이레네 선생님한테 아빠를 넘겨주진 않을 거야——."

두 사람이 묘하게 시선 교환을 하는 것 같았다.

두 사람 사이에 내가 모르는 갈등이라도 존재하는 건가?

내가 머리를 굴리고 있는데, 주위의 손님들이 술렁거리는 소리가 들렸다.

"이봐. 저 손님, 장난 아닌데? 저게 몇 잔째야?"

"벌써 열 잔은 넘지 않아? 이 가게의 술을 모조리 마셔버릴 기세야."

"게다가 추가로 세 잔 더 주문했어!"

어마어마한 양의 술을 마시고 있는 손님이 있나 보다.

그런 녀석은 대체로 골치 아픈 놈들이다. 전부 다 그런 것은 아니지만.

가능한 한 얽히고 싶지 않은데—— 그런 생각을 하면서 곁눈질로 그쪽을 봤다. 그랬더니 손님들이 일제히 쳐다보고 있는 그 사람은 나의 지인이었다.

맹금류같이 무서운 얼굴로 술을 마시고 있는 그 여자와 눈이 마주쳤다. 그러자 상대는 텅 빈 술잔을 손에 들고 이쪽으로 다가왔다.

붉어진 얼굴로 나를 내려다보는 그 여자── 레지나가 입을 열었다.

"카이젤. 네가 여기 있을 줄은 몰랐다."

# 제16화

"카이젤이라니? ……아니, 다른 사람이랑 착각한 거 아냐?"

완전히 취해버린 레지나 앞에서 나는 시선을 회피했다.

얽히면 안 될 것 같았다.

"시치미 떼지 마! 내가 너를 잘못 볼 리 없잖아?! 상관없는 척해봤자 소용없어!"

쾅! 하고 빈 술잔 바닥으로 테이블을 내리치면서 상대가 소리를 질렀다.

주위에 있는 손님들이 뭐야, 뭔데? 하고 이쪽을 주목했다.

아아……. 이럴 줄 알았어. 그래서 나하고는 상관없는 척하려고 했는데.

"이봐. 너 카이젤이잖아? 맞지, 응?"

"그래, 맞아. 카이젤이야. 그러니까 멱살 좀 놔줘."

슬슬 숨이 막히기 시작했다.

술집에서 살인이라도 하려는 건가?

"……흥. 처음부터 순순히 인정하면 됐잖아. 내 눈을 속일 수 있다고 생각하지 마. 내가 너를 몇 년이나 지켜봤다고 생각하는 거냐?"

레지나는 그런 말을 뱉어내더니, 우리가 앉아 있는 테이블의 빈자리에 앉았다. 그리고 길쭉한 다리를 화려하게 꼬았다.

아니, 저기요. 자연스럽게 이쪽 테이블로 옮겨 오신 건가요?

이러면 우리도 악질적인 주정뱅이와 한패라고 오해를 받잖아?

이 술집에는 자주 오는데, 이러다 출입 금지라도 당하면 어쩌려고 그래?

"이봐. 거기 직원. 에일맥주 추가할게."

"레지나. 너무 마시는 거 아냐?"

계속해서 술을 주문하려고 하는 레지나에게 내가 충고를 했더니.

"나한테는 검을 제외하면 유일한 즐거움이야. 이러쿵저러쿵 잔소리 들을 이유는 없어."

상대는 가차 없이 반박했다.

"유일한 즐거움? 달리 취미는 없는 거야?"

"넌 내가 바느질이나 요리를 할 것 같아?"

"아니, 미안. 어리석은 질문이었어."

옛날부터 레지나는 무지막지하게 손재주가 없었다.

바느질을 하면 바늘을 부러뜨렸고, 요리를 하면 조리 도구를 괴력으로 파괴했다.

검 말고는 좋아하는 것이 하나도 없었던 레지나. 이제는 검 외에는 술이 있나 보다. 쓸데없이 돈은 또 많아서 더더욱 문제였다.

"술은 참 좋아. 술을 마시는 동안에만 지루함을 잊을 수 있거든."

"그래? 그럼 검은 어떤데?"

"……어떠냐고? 뭐가?"

"옛날에 네가 말했었잖아. 검을 쥐고 있을 때만 살아 있다는 것을 실감한다고. 지금도 그런 감정이 있을 거 아냐?"

"흥, 글쎄."

레지나는 재미없다는 듯한 표정으로 술을 마셨다.

"내가 살아 있음을 실감할 수 있는 것은, 죽음을 가까이 느낄 때밖에 없어. 대등하게 겨룰 만한 상대가 없는 환경에서는 살아 있음을 실감할 수 없어."

요컨대 적절한 상대가 사라졌다는 뜻인가 보다.

지나치게 강해진 레지나와 대등하게 싸울 수 있는 상대는 별로 많지 않았다. 인간이든 마물이든 예외 없이. 대부분은 레지나의 발뒤꿈치도 따라가지 못했다.

"저번에 너와 싸웠을 때나 그랬지. 그때는 오랜만에 가슴이 뛰었어."

레지나는 허공을 바라보며 혼잣말하듯이 중얼거렸다. 그리고 그 목소리와 속마음을 확 뭉개버리려는 것처럼 또다시 손에 들고 있던 술을 쭉 들이켰다.

그 광경을 지켜보던 이레네가 조심스럽게 질문을 했다.

"저기요. 두 분은 어떤 관계이신가요……?"

아차. 그러고 보니 이레네를 완전히 빼놓고 말았다.

옆에서 보기에는 악질적인 주정뱅이가 술주정이나 하는 것처럼 보일 것이다.

"이 사람——레지나는 내가 오래전부터 알고 지낸 지인입니다."

나는 레지나를 이레네에게 그렇게 설명했다.

"아빠랑 레지나 씨는 내가 태어나기 전부터 알고 지낸 사이래—."

메릴이 보충 설명을 했다.

"메릴 씨가 태어나기 전부터 알고 지냈다고요……?"

이레네는 거기서 갑자기 뭔가를 떠올린 것 같았다. 눈을 휘둥 그렇게 떴다.

"——앗! 그, 그럼 혹시, 레지나 씨는 과거에 카이젤 씨와 사귀었던 여성분이 아닌가요?!"

"——푸웁!"

이레네의 추론을 들은 순간, 레지나는 입속에 머금고 있던 술을 뿜어냈다. 그 물방울은 눈앞에 앉아 있던 나에게 튀었다.

어휴, 또 이래…….

"이, 이봐! 왜 그런 결론이 나오는 거야?!"

레지나가 말했다. 술기운 말고 또 다른 이유로 붉어진 얼굴로.

"두 분에게서 범상치 않은 친밀함이 느껴졌습니다. 그것은 과거에 이미 친밀한 사이였던 남녀에게서만 생길 수 있는 친애의 감정입니다."

이레네는 거기까지 이야기하더니, 계속해서 망상을 가속했다.

"설마 메릴 씨를 비롯한 세 자매의 어머니가 당신인가요?! 그렇다면 당신은 카이젤 씨의 전 부인이에요?!"

"어, 그랬어?"

메릴이 어리둥절하여 말했다.

"그럼 레지나 씨를 엄마라고 부르면 돼?"

"누가 전 부인이야?! 남을 제멋대로 애 엄마로 만들지 마! 나는 엄마도 아니고, 이 녀석을 임신하거나 낳은 적도 전혀 없어!"

레지나는 시끄럽게 떠들면서 모든 것을 부정했다.

"나와 카이젤은 단순히 옛 동료일 뿐이다! 더도 말고 덜도 말고 딱 그거야! 멋대로 억측하지 마."

"아, 뭐예요. 그랬어요……?"

이레네는 안도한 것처럼 자기 가슴을 쓸어내렸다.

"저는 또 두 분이 남녀로서 연애하신 줄 알고……. 레지나 씨가 직접 부정해주셔서 안심했습니다."

"나도 안심했어ㅡ. 이 사람이 혹시 엄마인가? 하고 생각했는걸."

"남을 함부로 유부녀라느니 엄마라느니 하고 단정 짓지 마."

레지나는 비난하는 것처럼 위협적인 목소리로 말했다.

그리고 술잔을 기울여 그 안의 맥주를 깨끗이 비우더니, 의심하는 눈빛으로 나를 봤다.

"……그래서 뭔데? 카이젤. 너는 왜 이 여자와 같이 있는 거냐?"

그 눈빛에서는 책망하는 듯한 감정이 느껴졌다.

"지금 나는 마법 학교 강사로 일하고 있거든. 이레네 선생님은 직장 동료야. 서로의 교육론을 이야기하기 위해서 여기 한잔하러 온 거야."

"ㅡ강사라고? 너도 제법 출세했구나."

불쑥 중얼거린 레지나의 그 한마디는 마치 비꼬는 것 같았다.

"그런데 신기하네. 레지나가 남에게 관심을 가지다니. 이레네 선생님한테 뭔가 신경 쓰이는 점이라도 있어?"

"우후후—. 난 그 이유를 알지."

메릴이 히죽히죽 웃으면서 그렇게 말했다.

"레지나 씨는 아빠에게 여자 친구가 있나 하고 궁금했던 거지?"

"뭐——?!"

메릴의 지적에 레지나의 동공이 확장됐다.

"무, 무슨 소리를 하나 했더니……. 아무렇게나 지껄이지 마!"

"에이—. 정답이잖아, 응—?"

메릴은 레지나의 위협에도 굴하지 않고 여전히 싱글싱글 여유롭게 웃기만 했다. 배짱 좋기로는 세 자매 중에서도 최고였다.

"난 그저 옛 동료가 칠칠치 못하게 살고 있나? 하고 궁금했을 뿐이다. 내 얼굴에 먹칠하는 짓은 용서할 수 없거든."

팔짱을 끼고 그런 말을 뱉어내는 레지나. 나는 피식 웃었다.

"……야. 뭐가 웃겨?"

"아니, 넌 원래 그런 녀석이었지…… 하는 생각이 들어서. 평소에는 무뚝뚝한 분위기이지만 의외로 남을 잘 돌봐주는 성격이잖아."

"……흥. 함부로 아는 척하지 마."

고개를 반대쪽으로 홱 돌린 레지나. 그 귀는 연분홍색으로 물들어 있었다. 술 취해서 그런 것이 아니란 사실은 나도 알 수 있었다.

# 제17화

다음 날.

마법 학교 교실에서 강의하는 도중.

학생들의 질문에 대답하고 있는데, 허둥지둥 교실로 들어오는 사람이 있었다.

……응? 지각한 학생인가? 아니, 하지만 오늘은 메릴까지 포함해서 전원 출석했는데. 그럼 교장 선생님인가?

결론부터 말하자면 내 추리는 전부 다 빗나갔다.

"카이젤 씨! 계세요?!"

절박하게 외친 건 모험가 길드의 접수원인 모니카였다.

"모니카? 네가 왜 여기에……?"

지금은 근무 시간일 텐데.

본디 여기에 올 리가 없는 방문객이 등장하자 학생들도 깜짝 놀랐다.

"어휴, 큰일이에요! 진짜 큰일 났어요!"

모니카는 양팔을 파닥파닥 움직이면서 그렇게 말했다.

"우선 좀 진정해. 도대체 무슨 일이 있었던 건데?"

"일단 모험가 길드로 와주세요! 안나 씨가 기다리고 있어요!"

모니카는 내 손을 붙잡더니 나를 끌고 가려고 했다.

안나가 일부러 근무 도중인 나를 불러내다니. 어지간히 심각한 일인가 보다.

나는 옆에 있던 노먼을 돌아보면서 그에게 말했다.

"노먼! 미안한데. 나머지 수업은 너한테 맡길게."

"음. 어쩔 수 없지. 네가 자리를 비운 사이에, 내가 멋진 수업을 피로해서 너의 존재를 학생들 기억 속에서 지워주마."

"응, 그래. 나중에 학생의 이야기를 들어볼게. 기대한다."

나는 그렇게 대꾸하고 나서 모니카에게 손을 붙들린 채 모험가 길드로 향했다.

가는 도중에 뛰다가 지쳐서 기진맥진한 모니카에게 본의 아니게 음료수를 사주기도 하고, 모니카를 업어주기도 하는 등 우여곡절을 겪으면서도 결국 모험가 길드에 도착했다.

문을 열고 안으로 들어가자, 안쪽에 있던 안나가 이쪽으로 달려왔다.

"아빠! 드디어 왔어?! ……그런데 많이 늦었네. 모니카가 길드에서 나간 지 한참 됐는데."

안나는 의심하는 표정으로 모니카를 봤다.

"혹시 학교 안에서 길을 잃었어?"

"네? 어— 그건. 그러니까, 음. 뭐, 그런 거죠. 아하하……."

눈을 이리저리 굴리면서 어색하게 웃는 모니카.

안나는 몰랐다.

모니카가 여기까지 오는 동안에 실컷 농땡이를 부렸다는 것을.

도중에 덥고 피곤하다면서 디저트 카페에 들어가서, 주스와 파르페를 먹으며 행복한 표정을 지었다는 것을.

"아니, 실은……."

"잠깐만요, 카이젤 씨?! 뭘 그렇게 적나라하게 이야기하려는 거예요?! 중요한 것은 과거가 아니라 현재라고요?!"

필사적으로 입막음을 시도하는 모니카.

분명히 옳은 말이었지만, 그 말을 사용할 타이밍은 지금이 아닌 것 같았다.

뭐, 그래. 됐다. 굳이 모니카의 농땡이를 폭로하고 싶은 것은 아니었다. 모니카가 어떻게 반응할지 한번 보고 싶었을 뿐이다.

모니카의 반응에 만족한 나는 본론으로 들어갔다.

"안나. 나를 여기로 부른 이유가 뭐야? 네가 나를 부르려고 모니카를 보냈다는 것은, 그만큼 중대한 사건이 일어났다는 거잖아?"

"응. 그게 말이지, 실은 위험한 상황이야."

"위험하다고?"

"이대로 가다가는 왕도가 괴멸될지도 몰라."

"뭐?"

생각도 못 했던 그 한마디에 나는 반사적으로 소리를 냈다.

"마물 대군이 왕도로 쳐들어오는 것 같아. 사이클롭스 대군이라고 하면, 이게 얼마나 위험한 사태인지 알겠지?"

사이클롭스──A랭크 외눈박이 거인이다.

그 괴력에 의한 일격은 모조리 치명타나 마찬가지였다.

한 마리라도 토벌하기 힘든데, 그런 놈들이 떼지어 쳐들어온다는 것이었다.

"그런데 사이클롭스는 주로 변경 지대에 서식하고 있잖아? 그 것도 각 개체가 따로. 그들이 무리를 짓는다는 이야기는 들어본 적이 없어."

"난데없이 어딘가에서 나타난 것 같아. 단, 그들이 왕도를 향해 진군하고 있다는 것은 분명한 사실이야."

안나의 표정은 심각했다.

"본디 왕도에 쳐들어오는 마물들과 맞서 싸우는 것은 기사단이 담당하는 일인데. 상대가 워낙 위험하다 보니 모험가 길드에도 소집 명령이 내려졌어. 그래서 긴급 A랭크 임무로서, 급히 수주 자격이 있는 모험가들을 모으게 된 거야."

"아, 그렇구나. 그래서 나한테 이야기한 건가."

나는 납득했다.

일단 나는 A랭크 모험가로서 자격을 가지고 있으니까.

지금은 한 명이라도 더 일손이 필요하다. 그것이 솔직한 심정일 것이다.

"그런데 A랭크 모험가는 숫자가 많지 않잖아? 게다가 지금 당장 움직일 수 있는 사람이라면, 좀처럼 모으기 힘든 거 아냐?"

"응. 아빠 말이 맞아. 현재 A랭크 파티가 원정을 떠났거든. 그래서 급히 B랭크 모험가를 모으고 있어."

안나는 그렇게 이야기했다.

"결국 A랭크 중에서 소집할 수 있었던 것은 아빠랑 또 한 사람 밖에 없어."

"또 한 사람? 설마——."

"나야."

내 질문에 대답하는 것처럼 등 뒤에서 소리가 들려왔다.

예상 적중이라고 해야 하나.

뒤를 돌아보자, 그곳에는 무뚝뚝한 표정의 레지나가 서 있었다.

"아, 역시. 하지만 놀라운데? 네가 순순히 소집에 응하다니. 도시가 위기에 처해도, 너는 관심 없으면 싸우려고 하지 않잖아."

모험가 중에는 그런 타입이 많았다.

그래서 모험가 길드 측은 소집하느라 고생하는 것이다.

"세월이 지나서 이제는 어른이 된 거야?"

"웃기지도 않는 소리 하지 마. 난 지금도 내 의지와 상반되는 싸움은 안 해. 이번 소집에 응한 것은, 네가 있어서 그런 거야."

"내가 있어서?"

"네 딸인 길드 마스터가 소집하면 너는 반드시 응할 테니까. 오랜만에 같이 싸울 기회라고 생각했거든. 그것도 나쁘진 않잖아?"

아하, 그렇군.

"그런데 괜찮겠어? 내가 네 등을 지켜줄 수 있을 만큼 잘 싸운다는 보장은 없잖아?"

그렇게 확인차 물어봤다.

"흥. 저번에 너와 싸웠을 때 이미 확인했어. 네 칼솜씨가 녹슬지 않았다는 것은."

"하하. 고마워. 기대를 저버리지 않도록 노력할게."

"실실 웃는 너의 그 표정은 마음에 안 들지만."

레지나는 혀를 차면서 말했다.

"옛날의 너는 그런 표정을 짓는 녀석이 아니었어."

"벌써 18년이나 지났잖아. 원래 사람은 변하는 거야."

나는 레지나의 말을 적당히 흘리고 돌아서서 안나를 쳐다봤다.

"안나. 그 녀석들은 어느 쪽에서 오고 있어?"

"길드 정찰 요원의 보고에 의하면, 남쪽 평원에서 정문을 향해 이동하고 있대. 아마 두세 시간 내에 여기까지 쳐들어올 거야."

"그래. 알았어."

나는 고개를 끄덕였다. 그리고 기운도 북돋울 겸 일부러 큰 소리로 말했다.

"자, 그럼. 가볼까? 마물들을 왕도 안에 들어오게 놔둘 수는 없으니까. 그 전에 가서 맞서 싸우자."

"아빠! 아마 괜찮다고 생각하지만, 그래도 조심해."

"응. 나만 믿어."

나는 고개를 끄덕인 뒤, 레지나와 함께 정문으로 향했다.

# 제18화

이윽고 B랭크 모험가들과 합류했다.

하나같이 난폭한 싸움꾼처럼 보였다.

"쳇. 길드 마스터한테는 빚진 것이 있으니까 소집에 응해주긴 했는데. 어차피 보수도 적으니까 빨리 해치워버리자."

"아니, 애초에 왕도를 방위하는 것은 기사단 녀석들의 업무잖아? 월급도 많이 받는 주제에 우리까지 동원한다는 게 말이나 돼?"

불평불만이 속출하고 있었다.

욕설과 혀 차는 소리가 가득했다. 공간 전체가 험악하고 어두운 분위기가 되어 가는 것 같았다. 그때 레지나의 한마디가 그 흐름을 가로막았다.

"야. 너희들은 그냥 집에 가도 돼."

""뭐?""

"거치적거리는 쓰레기는 몇 놈이 있어도 도움이 안 되니까. 썩 꺼져."

"…………."

B랭크 모험가들은 얼빠진 것처럼 그대로 굳어버렸다.

"음? 뭐야, 못 들었어? 내 눈앞에서 사라지라고 했잖아. 길드 마스터한테는 내가 알아서 이야기해줄게."

"너, 너 이 자식……! 혼자 잘난 척, 개소리를……! 우선 너부터 손봐줄 수도 있다고?"

"오, 그래? 재미있네. 한번 해볼래?"

"아, 잠깐만! 동료들끼리 싸우면 어떡해?!"

나는 황급히 중재에 나섰다.

"미안해. 이 녀석은 입이 험해서. 늘 이래. 여기서는 내가 사과할 테니까 너그럽게 이해하고 넘어가 줘."

이대로 가다가는 틀림없이 싸움이 날 것이다.

그러면 레지나는 상대를 철저히 때려눕힐 것이다. 적당히 봐주면서 싸울 수 있을 정도로 요령 좋은 녀석이 아니었다. 어쩌면 사망자가 나올지도 모른다.

전투를 앞두고 쓸데없이 부상자가 생기게 놔둘 수는 없었다.

그래서 나는 레지나 대신 고개 숙여 사과했다. 상대도 꾸벅꾸벅 고개를 숙이는 내 태도를 보고 김이 빠진 것 같았다.

"──두 번 다시 건방진 소리는 하지 마라."

혀를 차고 욕을 하면서도 일단 싸움은 포기해줬다.

"좋아, 원만하게 해결된 것 같네."

나는 안도의 한숨을 쉬었다.

다행이다. 하마터면 저자들을 재기 불능으로 만들 뻔했어.

모험가 길드의 귀중한 인재를 망가뜨리면, 안나를 볼 면목이 없을 것이다. 안 그래도 인력 부족으로 고생하는 것 같던데.

"레지나. 좀 참아."

"왜? 나는 사실만 말했는데."

"그래도 좀 더 부드럽게 돌려 말해도 되잖아?"

나는 그렇게 쓴소리를 하면서도 '원래 이런 녀석이지' 하고 씁쓸하게 웃었다.

오히려 예나 지금이나 변함없어서 조금 안심하기도 했다.

바로 그때였다. 도로 저편에서 기사단의 갑옷이 보였다.

"아버님! 레지나 씨! 여기까지 와주셨군요!"

엘자가 반가운 표정으로 달려왔다.

"응. 안나가 소집했거든."

"카이젤 님이 계신다면 이보다 더 든든할 수가 없어!"

"아무리 엄청난 마물이 몰려와도 두려워할 필요가 없지!"

기사들은 내가 등장하자 사기가 올라간 것 같았다.

"뭐지? 기사단 놈들이 저 녀석을 엄청 따르는 것 같은데……."

"아니, 그보다도. 방금 기사단장이 아버님이라고 부르지 않았어?"

모험가들은 우리가 대화하는 장면을 보고 웅성거리고 있었다.

그들이 내가 누구인지 모르는 것도 당연했다.

평소에 나는 모험가 길드에 죽치고 있지도 않고, 길드를 방문할 때도 금방 안나한테 임무를 받아서 얼른 떠나기 때문이다.

엘자의 기사단과 우리 모험가들은 왕도 정문 앞으로 향했다.

정찰하러 갔던 사람이 보고했다. 앞으로 한 시간 내에 적군이 쳐들어올 거라고.

"그럼 각 전력 배치를 어떻게 할지 정해볼까요."

엘자는 그렇게 말하더니, 진지한 얼굴로 그곳에 모인 사람들 전원을 둘러봤다.

"근접전이 특기인 분은 제가 이끄는 부대와 함께 전선에서 적과 싸우고, 후위 담당이신 분은 포격 부대와 함께 지원해주시길 바랍니다."

"아냐, 그럴 필요 없어."

그렇게 끼어든 사람은 레지나였다.

"전선에 나서는 것은 나와 이 녀석, 두 명만 있으면 충분해. 쓸데없는 간섭은 필요 없다. 너희들은 그냥 뒤에서 구경만 하면 돼."

""네?!""

좀 전의 모험가들과 마찬가지로 기사단 멤버들도 당황했다.

응, 그러는 것도 당연했다.

아니나 다를까 기사 중 한 명이 큰 소리로 이의를 제기했다.

"아니, 잠깐만요! 적은 숫자가 꽤 많습니다! 더구나 그 한 마리 한 마리가 토벌 난이도 A랭크인 사이클롭스입니다! 아무리 카이젤 님이 계셔도, 겨우 둘이서 상대한다는 것은 너무나 무모한 짓입니다!"

"기사단으로서 레지나 씨의 요구를 받아들일 수는 없습니다."

그렇게 말한 사람은 기사단장 엘자였다.

"왕도 방위 임무를 맡은 것은 저희 기사단입니다. 그 위험한 역할을 모험가 두 분에게 일임하는 것은 불가능합니다."

기사단에게도 자존심이란 게 있을 것이다.

"실력 없는 놈들이 체면을 중시한다고? 웃기는군."

""뭐?!""

아, 이 바보야!

레지나, 너 또 쓸데없는 소리를······!

"이 녀석은 원래 입이 험해. 근본적으로는 나쁜 녀석은 아니야. 그러니까 너그럽게 봐줘" 하고 나는 황급히 기사단 멤버들에게 설명을 해줬다.

"아, 네. 카이젤 님이 그렇게 말씀하신다면······."

"우리는 카이젤 님에게 신세를 지고 있으니까요."

휴······.

싸움은 잘 막은 것 같았다.

평소에 덕을 쌓아둬서 다행이다.

"엘자, 너도 여기서는 일단 우리에게 일을 맡겨주지 않을래? 최전선에서 싸운다면, 혹시 돌파당해도 왕도에 피해는 나오지 않을 테니까."

나는 딸에게 간청했다.

"응? 부탁할게."

"······알겠습니다. 아버님의 부탁이라면 들어드릴 수밖에 없죠. 단, 열세가 되면 즉시 지원에 나서겠습니다."

"응. 그렇게 해. 고맙다."

간신히 이쪽의 제안을 통과시킬 수 있었다.

그나저나······.

레지나와 같이 행동하면, 나는 자꾸만 사태를 수습하느라 바쁜 것 같은데. 이 정도면 부업으로 협상인을 목표로 해도 되지 않을까?

# 제19화

그것을 직접 봤을 때는 마치 대지가 돌격하는 듯한 느낌을 받았다.

평원에서 이쪽으로 다가오는 사이클롭스들의 박력은 상상을 초월할 정도였다.

"저건 완전히 천재지변이잖아······?!"

기사단 중 누군가가 그렇게 중얼거렸다.

지진. 낙뢰. 해일.

인간의 힘으로는 어찌할 수 없는 존재.

확실히 저 거인 군단을 보면, 그런 생각이 드는 것도 이해가 갔다.

"카이젤 님! 아무리 봐도 저놈들을 둘이서 상대하는 것은 너무 무모해요!"

나와 친분이 있는 기사 한 명이 진언했다.

"어, 그래. 일단 하는 데까지만 해볼게."

"카이젤. 가자."

앞장서서 걸어가는 레지나의 뒤를 따랐다.

우리의 등 뒤에서 모험가들이 비웃는 소리가 들려왔다.

"멍청한 놈들. 저러다 개죽음당할 게 뻔해."

"금방 자신의 힘을 과신했다는 사실을 깨닫게 될 거다."

앗, 위험하다. 저 말이 레지나의 귀에 들어가면 또 싸움이 나지 않을까? 나는 조심스레 레지나의 표정을 살펴봤다가 깜짝 놀랐다.

레지나는 입가의 힘을 풀고 웃고 있었다. 즐거워 보였다.

"카이젤. 너와 함께 싸우는 것은 오랜만이구나. 가슴이 두근거린다."

아, 그렇구나──.

레지나는 이미 외야의 목소리 따윈 의식하지도 않는 것이었다.

지금 레지나가 바라보는 것은──오로지 눈앞에 있는 전투였다. 나와 함께 사이클롭스 대군과 맞서 싸울 생각만 하고 있었다.

탁 트인 평원의 최전선에 섰다. 아무런 계획도 없이.

"예전부터 생각했던 건데. 너는 좀 무모한 것 같아."

나는 레지나에게 쓴소리를 한마디 했다.

그러자 레지나는 코웃음을 쳤다.

"이 정도는 무모한 것도 아니야. 옛날에 우리가, 리치가 이끄는 언데드 대군과 대치했을 때 비하면."

그것은 18년 전 일이었다.

우리가 파티를 이루었던 시절, 타락하여 언데드가 된 마법사 리치를 토벌하는 임무를 수행하러 간 적이 있었다.

그 리치는 참으로 성가신 존재였다. 심장을 자기 몸 말고 다른 곳에 안치해뒀으므로 몇 번을 쓰러뜨려도 죽지 않았다.

더구나 그 녀석은 다수의 언데드 군단을 거느리고 있었다.

동료들을 그 심장이 안치된 곳으로 보내주기 위해서, 나와 레지나는 언데드 군단을 유인하는 역할을 맡았다.

그 시절의 우리는 견원지간이었다.

나는 레지나를 마음에 안 드는 녀석이라고 생각했고, 레지나도 나를 몹시 짜증 나는 인간이라고 생각했다.

언데드 군단을 유도하는 역할을 맡았던 것도 전위 멤버가 우리 둘밖에 없었기 때문이지, 실은 오히려 나 혼자 하는 게 더 낫겠다는 생각까지 했었다.

상대는 거의 500마리나 되는 군대. 이쪽은 겨우 두 명.

상식적으로 생각하면 압도적인 열세였다.

실제로 나와 레지나는 죽음을 각오했었다.

그러나 결과적으로는 우리는 언데드 군데를 괴멸시키는 데 성공했다.

심지어 리치는 심장이 파괴되기도 전에 스스로 소멸했다. 우리의 전투를 보고, 승산이 전혀 없음을 깨달은 것이다.

우리는 견원지간이었지만 놀랄 만큼 호흡이 잘 맞았다.

상대가 무슨 생각을 하고 있는지는 훤히 알았다. 다음에는 무엇을 할지 예상이 됐다. 마치 우리는 한 몸인 것처럼 움직일 수 있었다.

동료들도 우리의 뛰어난 팀플레이에 경탄했을 정도이다.

그 후로 우리는 표면적으로 충돌하는 경우는 있어도, 서로의 검술 실력은 절대적으로 신뢰하게 되었다.

둘이서 서로 등을 맞대고 싸우면 어떤 적에게도 지지 않는다

──우리 둘 다 진심으로 그렇게 믿을 수 있었다.


"그러고 보니 그런 일도 있었지."

나는 과거를 회상하듯이 중얼거렸다.

이에 대해.

"카이젤."

레지나는 나에게 질문을 던졌다.

"너는 우리가 진다는 것이 상상돼?"

그 호전적인 표정에서는 자신감이 흘러넘치고 있었다.

과신이 아니었다. 교만도 아니었다.

그저 사실만 이야기하는 것 같았다.

그리고──.

그건 나도 마찬가지였다.

"……아니, 상상이 안 돼."

"흥. 그렇지?"

우리는 서로 마주 보면서 슬쩍 웃었다.

18년 전──.

파티를 이루었던 그 시절처럼, 야심이 넘치는 표정으로.

누가 먼저랄 것도 없이 동시에 움직이기 시작했다.

사이클롭스들이 우리의 존재를 눈치챘다. 그들에 비하면 모래 알만큼이나 작은 우리를. 그때 이미 우리는 그 집단의 한복판에 뛰어든 상태였다.

놈들이 임전태세를 갖추기도 전에 내가 먼저 검을 휘둘렀다.

사이클롭스 한 마리가 단말마의 비명을 지르면서 피를 뿌리며 쓰러졌다. 벌렁 드러누운 그 거대한 몸뚱이를 발판 삼아 나는 도약했다.

선명하게 허공을 가르는 칼끝.

그것은 사이클롭스의 약점인 하나뿐인 눈을 푹 찔렀다.

『크오오오오오옷……!』

안구를 부여잡고 비명을 지르는 사이클롭스. 나는 그대로 그놈을 베어버렸다.

곧이어 다른 개체가 거대한 곤봉을 이쪽으로 내리쳤다.

나는 옆으로 점프해서 피했다.

곤봉과 지면의 충돌로 땅이 울렸다.

"레지나!"

"응, 알아!"

내가 적들의 주의를 끄는 동안에 레지나는 대검을 휘둘러 바람 탄환을 발사했다.

사이클롭스의 하나뿐인 눈에 명중. 그놈은 시력을 잃고 완전히 무방비해졌다. 그 틈을 놓치지 않고 나는 그놈의 거체를 밟고 뛰어올라 머리를 꿰뚫었다.

군더더기가 하나도 없는 행동이었다.

내가 '이렇게 움직여주면 좋겠다'고 생각하는 위치에 레지나가 이미 와 있었다. 반대로 또 레지나의 생각을 나는 훤히 알 수 있었다.

마치 18년이라는 공백기가 전혀 없었던 것처럼.

어느새 사이클롭스 군단이 우리를 포위하고 있었다.

거대한 벽에 포위된 듯한 위압감이었다.

우리는 그 원의 중심에서 서로 등을 맞댔다.

"이거 위험하군. 포위당했어."

그야말로 궁지에 몰린 상태였다. 단 한 번이라도 선택을 잘못하면 틀림없이 치명상을 입을 것이다. 그런데도 내 마음속에 위기감은 전혀 없었다.

질 것 같지 않았다. 어떤 적이 덤벼들어도 우리는 괜찮다.

그런 전능한 감각과 오로지 넘쳐흐를 듯한 기쁨만 존재했다.

아아, 그래. 기억났다.

모험가 시절에는 날마다 느꼈지만, 지금은 오랫동안 느껴보지 못했던 그것. 사투 속에 몸을 던지는 고양감(高揚感).

피가 끓고 기운이 넘치는 감각.

그것은 상대도 마찬가지인 것 같았다.

"우리에게는 이 정도로 열세인 게 딱 좋아."

그렇게 중얼거리는 그녀의 목소리는 희색을 띠고 있었다.

"실수하지 마, 레지나."

"감히 누구한테 그런 말을 하는 거야?"

등을 돌리고 있어도 레지나가 어떤 표정을 짓고 있는지는 알았다. 사냥감을 노리는 호전적인 미소를 짓고 있으리라.

과거에 도깨비 공주라고 불렸던 그 시절의 표정이다.

"저, 저놈들, 도대체 뭐야? 괴물이잖아……!"

전투를 지켜보던 B랭크 모험가 중 한 명이 그렇게 중얼거렸다.

괴물.

그렇게 말하는 그의 공포에 질린 시선은 사이클롭스 군단이 아니라──카이젤과 레지나, 그 두 사람에게 꽂혀 있었다.

두 사람. 그렇다. 겨우 두 사람이었다.

덩치 큰 사이클롭스의 입장에서는 쌀알처럼 작은 존재였다. 그런데도 그놈들은 두 사람에게 완벽하게 압도되고 말았다.

"완전히 사이클롭스 군단을 찍어 누르고 있어……!"

"카이젤 님은 당연한데, 저 여자 모험가도 카이젤 님의 움직임을 잘 따라가고 있잖아?! 솔직히 말해서 무슨 일이 일어나고 있는지 모르겠어……!"

기사들도 똑같이 두려워하는 표정을 짓고 있었다.

그리고──.

누구보다도 가까운 곳에서 카이젤의 실력을 계속 지켜봤던 엘자도, 역시 모험가들이나 기사들과 비슷한 눈빛으로 두 사람을 보고 있었다.

……저 사람이 아버님인가요? 정말로?

엘자에게는 늘 다정하고 믿음직한 아버지인 카이젤. 그러나 지금 그녀의 눈에 비치는 것은 그것과는 전혀 다른 모습이었다.

거칠게 사나운 이빨로 공격하는 맹수.

그 모습은 레지나와 같은──아니, 그보다 더 심한 전투광이었다.

……굉장해. 너무 굉장해……!

엘자도 그동안 검사의 길을 꾸준히 걸어오면서 자기 나름대로 강해졌다고 생각했다.

실제로 사상 최연소 S랭크 모험가가 되기도 했다.

기사단장 자리에도 올랐다.

왕도 시민 중에는 엘자가 최강이라고 칭송하는 사람도 적지 않았다.

그러나 눈앞에서 싸우고 있는 카이젤은 차원이 달랐다.

도저히 당해낼 수 없었다.

저절로 소름이 끼칠 정도로.

그 실력 차이는 확연했다.

게다가 특히 엘자를 당황하게 만드는 것이 있었다.

레지나와 함께 싸우고 있는 카이젤의 모습이 정말 즐거워 보였다. 온몸에서 싸움의 기쁨이 흘러넘치는 것 같았다.

──저와 같이 싸웠을 때는, 아버님의 저런 표정을 본 적이 없었습니다.

안심하고 자신의 등 뒤를 맡길 수 있는 상대.

그리고 서로를 향상시킬 수 있는 상대.

레지나는 카이젤에게는 그런 존재이고, 엘자는 그렇지 않다.

그 현실이 눈앞에 적나라하게 드러난 기분이었다.

결국 기사단과 모험가들이 나설 차례는 끝까지 오지 않았다.

평원 한가운데에 나란히 서 있는 피투성이 인간 두 명——카이젤과 레지나 주변에는 토벌된 사이클롭스들의 시체가 널브러져 있었다.

서로 마주 보고 사납게 웃는 두 사람. 그 모습이 엘자에게는 너무나 눈부셔 보였다.

# 제20화

"아빠, 엘자, 레지나 씨. 모두 고생했어. 자, 그럼 건배!"

안나가 꽉 찬 에일맥주 잔을 들어 올리면서 말했다.

나, 엘자, 메릴, 레지나는 저마다 잔을 들어 맞부딪쳤다.

긴급 임무를 마친 후. 우리는 술집으로 뒤풀이를 하러 왔다.

"다행이야. 사이클롭스 군단을 격퇴해서. 그들이 도대체 어디서 나타났는지는 여전히 알 수 없지만."

안나는 술잔을 한 번 입에 대고 나서 그렇게 말했다.

A랭크 마물의 출처가 불분명하다는 것은 확실히 꺼림칙한 일이었다. 근원을 찾아내서 없애지 않으면, 앞으로도 비슷한 일이 일어나지 않는다는 보장은 없었다.

"아무튼 아빠와 레지나 씨가 있어서 정말 다행이야. 덕분에 살았어."

안나가 그렇게 이야기했다.

"모험가들이 말해줬어. 두 사람의 실력은 아예 차원이 다르다고."

"레지나와 같이 싸운 것은 오랜만이었으니까. 기합이 들어갔어. 옛 동료한테 퇴물 취급을 당하기는 싫었거든."

"……흥."

레지나는 콧방귀를 뀌었다.

조금 기뻐 보이는 것은 기분 탓일까?

"그런데 레지나 씨가 뒤풀이에 올 줄 몰랐어. 틀림없이 거절할 줄 알았는데."

"뭐야, 예의상 말해봤던 거냐?"

"아니. 그냥 의외라서 그래."

"이래 봬도 이 녀석은 뒤풀이 같은 것은 좋아하는 편이야. 나랑 파티를 짰을 때도 거의 꼬박꼬박 출석했었어."

나는 과거를 회상하면서 그렇게 말했다.

이러니저러니 해도 파티 멤버 중에서 가장 뒤풀이에 적극적이었던 사람이 레지나였다.

"……공짜 술을 마실 수 있으니까."

술꾼 같은 대사를 내뱉는 레지나.

그러나 나는 알고 있었다.

당시에도 검 말고는 아무것도 관심이 없었던 레지나에게는 돈이 넘치도록 많을 것이다. 굳이 공짜 술을 찾지 않아도, 술 마시고 싶으면 혼자서도 마실 수 있다.

이래 봬도 의외로 외로움을 타는 성격이리라. 틀림없이.

"있잖아ㅡ. 아빠. 나한테 밥 먹여줘, 아ㅡ."

메릴이 나에게 딱 붙어서 그런 말을 하면서 어리광을 부렸다.

"어휴, 하는 수 없지. 자, 아ㅡ."

입을 벌리고 있는 메릴에게 미트파이 한 조각을 가져다줬다.

메릴은 "아빠가 먹여주면 세 배는 더 맛있어ㅡ♪" 하고 몹시 기뻐했다. 그걸 본 나 이외의 인간들은 기막혀하는 시선으로 이쪽을 쳐다봤다.

"어? 다들 왜 그래?"

"아니, 그냥. 아빠는 정말 어리광을 잘 받아주는구나— 해서."

"완전히 팔불출 부모야."

안나와 레지나가 입을 모아 그렇게 말했다.

"윽……. 저렇게 거리낌 없이 어리광을 부릴 수 있는 메릴이 부러워요……."

엘자는 이상하게도 선망의 눈초리로 메릴을 보고 있었다.

"아, 있잖아. 레지나 씨. 앞으로도 왕도에 머물 생각이지?"

"응, 그럴 거야."

"잘됐다. 레지나 씨가 있다면 우리 길드에도 큰 도움이 되거든. 랭크가 높은 모험가는 항상 인력 부족 상태라서."

양손을 맞대고 생글생글 웃는 안나.

"임무는 남아돌 정도로 많으니까♪ 열심히 일해 줘, 응?"

"일을 맡는다는 말은 아직 안 했는데?"

"어휴, 그런 식으로 말하지 말고. 저기, 달리 할 일도 없지 않아?"

"이봐. 카이젤의 딸. 나를 백수처럼 취급하지 마라."

"내 이름은 카이젤의 딸이 아니야. 안나야."

안나는 자기 가슴에 손을 얹으면서 자기소개를 한 다음에 말했다.

"그럼 한번 물어볼게. 임무 이외의 시간에는 뭐 하면서 지내?"

"그건…… 검술 훈련을 하는데?"

"그 외에는?"

"……이렇게 술을 마시기도 하고."

"그 외에는?"

"……특별히 하는 일은 없어."

턱을 만지작거리면서 잠시 생각해본 뒤, 레지나는 문득 그렇게 중얼거렸다. 아무리 머리를 쥐어짜도 생각나는 것이 없었나 보다.

"설마 엘자보다 더 무미건조한 삶을 살아가는 사람이 있을 줄이야……."

그러면서 안나는 경악하는 표정을 짓더니 레지나의 어깨를 가볍게 두드렸다. 그리고 자애로운 눈빛으로 말했다.

"레지나 씨. 나 같은 사람이라도 괜찮다면, 얼마든지 상담에 응해줄게."

"야, 카이젤. 짜증 나는데 이 녀석, 날려버려도 돼?"

그렇게 나한테 물어봐도 허가해줄 수는 없었다.

아, 물론 레지나도 진심으로 그런 말을 하는 것은 아닐 테지만.

……아니다. 레지나라면 꼭 그렇다고 확신할 수도 없나.

"어쨌든 그 정도면 임무를 맡는 데 지장은 없지 않아? 토벌 임무를 수행할 때는 겸사겸사 검술 훈련도 할 수 있으니까."

그렇게 제안한 안나에게 레지나는 대꾸했다.

"……알았어. 임무는 맡아줄 수도 있다. 단, 조건이 있어."

"가능한 한 들어줄게. 뭔데?"

"내가 토벌 임무를 수행할 때는 이 녀석도 동행시켜줘."

레지나는 엄지로 나를 가리키면서 말했다.

"레지나 씨. 당신은 지금까지 쭉 혼자서 임무를 수행하러 다녔잖아? 그런데 왜 갑자기 아빠를 데려가려는 거야?"

"혼자서는 자신이 없어서……라고 할 줄 알았냐?"

레지나는 어이없다는 듯이 콧방귀를 뀌었다.

"착각하지 마. 토벌 임무는 나 혼자서도 충분해. 이 녀석을 동행시키려는 것은 다른 이유 때문이야."

"다른 이유……라고요?" 엘자가 말했다.

"엘자. 난 눈치챘어."

메릴이 마치 사정을 이해한 것처럼 이야기했다.

"요컨대 레지나 씨는 아빠를 좋아하기 때문에, 임무를 핑계 삼아 단둘이 사이좋게 꽁냥꽁냥 지내려고 하는 거잖아─?!"

"그래. 나는 카이젤과 단둘이──아, 아니! 아무 말이나 떠들어대지 마! 내가 그런 불순한 생각을 할 것 같아?!"

레지나는 한순간 고개를 끄덕이려다가 즉시 새빨개진 얼굴로 반론했다.

오, 완벽한 개그 만담이야. 이런 것도 할 줄 아는구나. 옛 동료의 뜻밖의 재능을 발견한 듯한 기분이 들었다.

레지나는 분위기를 바꾸려는 듯이 헛기침을 하고 나서 말했다.

"내가 카이젤의 동행을 원하는 것은 자극이 필요하기 때문이다. 이 녀석과 같이 있으면, 지루한 적과의 전투도 다소 재미있어지니까."

"그건 결국 아빠를 좋아하기 때문인 거 아냐?"

"아니라고 했잖아! 상대를 인정하는 것과 연모하는 것을 다 똑같은 것으로 생각하지 마! 연애밖에 모르는 인간은 이래서 싫다니까."

레지나는 질색하면서 딱 잘라 말했다.

"아, 그랬구나."

나는 기뻐서 나도 모르게 웃었다.

"레지나는 일단 나를 인정해준다는 거지?"

"……?!"

레지나는 당황한 표정을 짓더니, 나를 외면하면서 말했다.

"……인정하지도 않는 상대에게 내 뒤를 맡길 정도로 나는 착한 인간이 아니야. 몇 년이나 한 팀으로 활동했는데 그런 것도 모르냐? 멍청한 놈."

짧게 혀를 차면서 중얼거리는 레지나. 나는 쓴웃음을 지었다.

여전히 솔직하지 않은 녀석이구나.

우리의 대화 장면을 지켜보던 안나가 입을 열었다.

"레지나 씨의 요구는 이해했어. 하지만 아빠도 바쁜걸. 안 그래도 직업을 세 개, 네 개나 가지고 있으니까……. 매번 동행하는 것은 불가능하지 않을까?"

"응, 괜찮아. 매번 그럴 필요는 없어."

기사단 교관, 마법 학교 강사, 공주님의 가정교사.

모험가 길드에서 아무도 맡아주지 않는 임무 처리.

덤으로 레지나가 의뢰받은 토벌 임무에도 동행한다면, 한 인간이 감당할 수 있는 업무량으로서는 완벽하게 허용량을 초과하게 될 것이다.

……새삼 생각해보니 너무 많이 일하는 거 아냐? 나란 인간.

"그 전에 아빠의 의지부터 존중해야 해. 아빠, 어때?"

"난 괜찮아."

"어휴, 진짜. 또 무리하네. 항상 일을 부탁하는 내가 이런 말을 하기도 뭐하지만, 아무거나 쉽게 받아주면 안 돼. 알지?"

안나가 기막히다는 듯이 쓸쓸하게 웃었다.

"때로는 제대로 거절할 줄도 알아야 해."

"하하하. 응, 그러게. 하지만 이번 건에 관해서는 무턱대고 받아준 게 아니야. 내가 그러고 싶어서 받아준 거야."

보통은 이 상황에서 더 이상 일을 받지는 않을 것이다.

하지만 이번 건은 특별했다.

레지나와 함께 싸웠을 때가 생각났다.

그렇게 온몸의 피가 끓어오르는 감각은 정말 오랜만에 느껴봤다.

그 누구에게도 지지 않을 것 같은 전능한 감각.

감미로운 여운이 지금도 머릿속에서 완전히 사라지지 않았다.

어쩌면 그것을 다시 한번 느끼고 싶어서 이번 제안을 받아들인 걸지도 모른다.

"뭐, 아빠가 그렇게 말한다면 나도 말리진 않을 테지만……. 무리는 하지 마. 아빠 몸은 아빠 혼자만의 것이 아니잖아?"

"응, 그래. 알아."

나는 안나를 보면서 웃었다.

이리하여 나는 레지나가 맡은 토벌 임무에는 종종 동행하게 되었다.

안 그래도 바쁜데, 오늘부터는 전보다 더 바빠질 것 같았다.

"그런데 좀 의외였어——."

"뭐가? 메릴."

"레지나 씨 말이야. 처음 만났을 때는 무서운 사람이라고 생각했는데, 대화해보니까 의외로 흥이 많고 귀여운 구석이 있는 것 같아서——."

메릴은 그렇게 이야기하더니.

"아, 그래도 아빠는 넘겨줄 수 없지만. 알지?"

견제하는 것처럼 레지나에게 말했다.

"……애초에 넘겨 달라고 한 적도 없잖아."

"아, 그런데 확실히 나도, 맨 처음 모험가 길드에 찾아온 레지나 씨가 검을 들이댔을 때는 '이거 위험한 사람이구나'라고 생각했었어."

"저도 갑자기 길거리에서 습격당했을 때는 깜짝 놀랐습니다."

안나와 엘자도 입을 모아 그렇게 말했다.

"하하하. 그러고 보니 메릴도 한번은 학교까지 쳐들어온 레지나한테 습격당했었지. 그렇게 따지면 모두 레지나의 첫인상이 안 좋다고 생각했던 것도 당연하네."

나는 쓴웃음을 지었다.

그때는 교내 전체가 시끌시끌해져서 난리가 났었다.

"──아, 맞다. 그 건에 관해서 하고 싶은 말이 있었는데."

나는 레지나를 똑바로 보면서 말을 이었다.

"너는 우리 딸들에게 칼을 들이댔잖아. 엘자에게도, 안나에게도, 메릴에게도. 한번은 정식으로 이 아이들에게 사과해, 알았지?"

앞으로 계속 이 왕도에서 산다고 하니까.

우리 딸들은 원한을 품는 성격은 아니지만, 만에 하나라도 앙금이 남지 않도록 일단 잘못을 바로잡는 게 좋을 것이다.

그래서 나는 부드럽게 그런 제안을 해봤는데──.

"……잠깐만, 카이젤. 너 도대체 무슨 소리를 하는 거냐?"

레지나는 의심하는 눈초리로 나를 쳐다봤다.

"무슨 소리냐고? 그냥 그 말 그대로인데. 일단 잘못을 바로잡는 것이……."

"아니, 그 부분이 문제가 아니라."

레지나는 내 목소리를 가로막듯이 이야기했다.

"나는 분명히 저 은발 아가씨와 길드 마스터 아가씨와는 접촉했어. 은발 아가씨는 사상 최연소 S랭크에 걸맞은 실력이 있는지 시험해보고 싶었고. 길드 마스터 아가씨는 카이젤이 어디 있는지 물어보고 싶었거든. 하지만 마법사 딸에 관해서는 난 몰라. 난 이 녀석하고는 접촉하려고 한 적이 없어."

──뭐라고?

레지나가 입 밖에 낸 말은 그곳의 소리를 모조리 흡수해버렸다.

정적이 흘렀다. 아니, 어쩌면 내가 동요해서 그렇게 느낀 걸지도 모른다.

"잠깐만. 분명히 그때, 학교에 침입한 녀석이 메릴을……."

교장이 학교에 설치해놓은 수호 결계를 돌파하고 침입했던 침입자. 그 녀석은 노먼을 물리치고 메릴이 있는 연구실로 갔었다.

"그래서 메릴은 침입자를 격퇴했지만, 상대가 환영 마법도 사용했기 때문에 결국 그 정체는 알아내지 못했어."

하지만 그 후 엘자와 안나에게 칼을 들이댄 사람이 레지나였다는 사실이 밝혀졌으므로, 그 학교 습격 사건도 레지나의 소행일 거라고 믿었다.

그러나—— 그게 아니었다.

레지나는 메릴에게는 접촉을 시도한 적이 없다고 한다.

거짓말을 하는 것 같지는 않았다.

레지나는 까다롭고 붙임성 없는 성격이지만, 이런 상황에서 거짓말을 하는 녀석이 아니란 것도 알고 있었다.

애초에 제일 중요한 문제는——.

레지나가 마법을 전혀 쓰지 못한다는 것이었다.

어째서 금방 눈치채지 못했던 걸까.

완전히 깜빡 잊고 있었다.

그러니까 환영 마법을 써서 모습을 감췄던 그 침입자는 다른 인물일 것이다. 레지나가 누군가와 결탁했다고 생각하기도 어려웠다.

고로.

이 왕도에는 아직도 그 침입자가 숨어 있을 가능성이 있었다.

# 제21화

"안나. 오늘도 고생했어."

해가 완전히 저물어서 어둠에 잠긴 거리의 불빛이 반딧불처럼 반짝이기 시작할 무렵.

모험가 길드에 들어간 나는 안나의 모습을 발견하고 말을 걸었다. 안나는 마침 집에 갈 준비를 끝낸 것 같았다.

"아빠. 꼬박꼬박 나를 데리러 와주네?"

"응. 밤길에 혼자 다니면 위험하잖아. 그 사건도 있고."

"나 참. 아빠는 걱정이 너무 많다니까."

안나는 난처한 것 같으면서도 왠지 기뻐 보이는 표정을 지었다.

길드 안에서 다른 사람은 보이지 않았다. 안나는 끝까지 남아 있었나 보다. 책임자란 것도 힘든 직업이구나. 그런 생각을 했다.

"자, 그럼 집에 갈까?"

"응. 가자."

길드 내부의 불을 끄고, 문을 열고 밖으로 나왔다.

안나가 문단속하는 장면을 바라보면서 나는 생각에 잠겼다.

낮에는 그렇게 모험가들로 북적거리던 모험가 길드도 이렇게 밤이 되면 고요하게 변하는구나. 그 건물이 왠지 모르게 빈껍데기 같아서 공허하게 느껴졌다.

달빛 아래 우리는 집으로 걸어가기 시작했다.

──이 왕도에는 메릴을 습격한 누군가가 숨어 있을지도 모

른다.

그 녀석의 목적이 메릴인지, 마법 학교 자체인지는 알 수 없었다.

어쨌거나 다른 딸들이 습격당하지 말라는 법은 없었다.

그래서 나는 안나를 비롯한 딸들을 직접 데려다주고, 또 데려오기로 했다.

길거리는 대낮의 활기가 사라져 한산한 모습이었다. 신발 밑창이 돌바닥을 밟는 소리가 울려 퍼졌다. 스쳐 지나가는 사람들을 최대한 주의 깊게 살펴봤다.

"있잖아, 아빠. 남들이 지금 우리를 보면 뭐라고 생각할까?"

가벼운 발걸음으로 내 옆에서 나란히 걸으면서 안나가 그런 질문을 했다.

"뭐라고 생각하긴, 그냥 부모 자식이라고 생각할 것 같은데?"

"애인처럼 보이지 않을까?"

"아니, 그건 아니겠지."

"왜?"

"나랑 안나는 나이 차이가 너무 많이 나잖아."

무려 열여덟 살이나 차이가 난다.

"아빠는 아빠 생각보다 훨씬 더 젊어 보여. 게다가 요새는 나이 차이가 큰 커플도 의외로 적지 않거든?"

안나는 그런 이야기를 하더니.

"후후. 아, 그래. 나 좋은 생각이 났어."

장난스러운 표정으로 손가락을 곧게 세우면서 말했다.

──좋은 생각?

내가 고개를 갸웃거린 순간.

꽉 하고.

왼팔에 부드럽고 따뜻한 무언가가 닿는 감각이 느껴졌다.

그쪽을 봤더니.

안나가 내 왼팔을 자기 양팔로 감싸면서 몸을 딱 붙이고 있었다.

"어때? 이러면 애인처럼 보이지 않을까?"

"이봐, 안나. 오늘따라 어리광을 잘 부리네?"

"평소에 일할 때는 계속 긴장하고 있으니까. 모처럼 아빠와 단둘이 있게 되었잖아. 때로는 마음껏 아빠한테 어리광 부려도 되지 않아?"

"네가 그렇게 달라붙으면, 습격당했을 때 싸우기 힘든데⋯⋯."

"괜찮아. 아빠는 강하니까. 왼팔이 이렇게 봉인돼도, 오른팔만 쓸 수 있으면 아무한테도 안 질 거야. 그렇지?"

"나 참. 곤란하네⋯⋯."

나는 무적의 인간이 아니거든?

안나는 평소에는 누구보다도 냉정하게 상황 판단을 할 수 있는 사람인데, 유독 내 실력에 관해서는 거의 절대적으로 신뢰를 하고 있었다.

아버지가 패배한다는 것 따위는 상상도 못 하는 것처럼.

일견 어른스러워 보이는 안나인데, 이런 점은 아직도 어린아이인 것 같았다. 나도 아무한테나 다 이길 수 있는 것은 아닌데.

……뭐, 일단 패배한 기억은 없지만.

"요새 일은 어때? 여전히 날마다 바빠?"

"응. 틈만 나면 농땡이 치려고 하는 동료와 이쪽의 요망을 무시하고 자기 멋대로 떠들어대는 모험가를 상대하다 보면 기분이 우울해져."

안나는 그렇게 말하더니 피식 웃었다.

"하지만 아빠보다 바쁘진 않아."

"그래?"

"그래. 최근에 아빠는 좀 위험할 정도로 심하게 일하고 있잖아?"

안나는 기막히다는 듯이 말했다.

"오늘도 오전에는 기사단 교관으로 일했고, 점심때는 공주님의 가정교사로 일했고, 그 후에는 레지나 씨와 함께 A랭크 임무를 수행하러 갔잖아? 게다가 기본적으로 며칠은 걸릴 법한 임무를 반나절 만에 가볍게 달성해버렸지. 아무래도 이건 좀 과로하는 거 아냐?"

원래부터 많은 일을 겸업하고 있었는데, 요즘 들어서는 레지나의 토벌 임무에 동행하는 기회도 늘었으므로 스케줄이 엄청나게 빽빽해졌다.

"괜찮아. 바쁘긴 하지만, 무리하고 있는 것은 아니야."

그것은 허세가 아니라 진심이었다.

심신이 소모되고 있다는 느낌은 들지 않았다.

누군가가 내 도움이 필요하다면, 그 기대에 부응하고 싶었다.

"아, 분명히 말해두는데. 괜찮은 척하는 거 아니야, 알지?"

"보면 알아. 요새 아빠는 왠지 즐거워 보이는걸."

"그래?"

"응. 레지나 씨와 함께 토벌 임무를 수행하러 갈 때, 아빠는 마치 어린애처럼 생기 넘치는 얼굴이거든."

안나가 쿡쿡 웃었다.

"뭐야, 혹시 아빠는 눈치 못 챘어?"

내가 당황한 표정을 짓고 있었나 보다. 안나가 놀란 것처럼 말했다.

눈치채지 못했었다.

하지만 안나가 그렇게 말한다는 것은, 실제로도 그런 것이리라.

사실 레지나와 같이 임무를 수행하러 가는 것은 즐거웠다. 그녀와 함께 싸우면, 모험가로서 필사적이었던 그때 그 시절이 생각났기 때문이다.

그런데 그때.

"⋯⋯안나. 내 옆에서 떨어지지 마."

"응?"

"근처에 누군가가 숨어 있는 기척이 느껴진다."

한동안 걷다 보니 골목길에 들어와 있었다.

주위에 사람은 없었다.

그런데도 어디선가 누군가의 시선이 느껴졌다.

"아빠. 설마……."

"응. 그 가능성은 부정할 수 없어."

……활동이 정지된 도시. 남들 눈에 띄지 않는 사각지대인 어두운 골목길. 습격하기에는 더할 나위 없이 좋은 타이밍이었다.

내 팔뚝에 달라붙은 안나가 좀 더 팔에 힘을 줘서 꼭 끌어안았다.

불안한 걸까. 하긴, 그것도 당연했다.

"괜찮아. 내가 옆에 있잖아."

"……으, 응."

내가 그렇게 말하자, 안나의 표정에서 두려움의 빛이 점점 사라져갔다.

나는 한층 더 경계하면서 온 신경을 곤두세워 주위를 살펴봤다.

자, 어디서든 덤벼봐라.

상대가 어떤 녀석이어도, 안나의 털끝 하나 건드리지 못하게 할 것이다.

그러면서 어두운 눈앞을 응시하고 있었는데.

슬그머니.

골목 구석에 있는 쓰레기통 뒤에서 움직이는 그림자가 있었다.

"──거기냐?!"

그 순간, 허리에 차고 있던 검을 뽑아 휘둘렀다.

일섬(一閃)──.

쓰레기통이 두 동강 나고, 그 뒤에 숨어 있던 사람 그림자가 드러났다.

"흐이이이익?!"

비명을 지르며 엉덩방아를 찧는 그 녀석에게 나는 칼끝을 들이 댔다.

"포기해. 저항해봤자 소용없다."

조금이라도 수상한 행동을 하면 무조건 베어버릴 것이다.

그렇게 신경을 곤두세우고 있었는데——.

"카이젤 씨! 저! 저예요오!"

귀에 들려온 것은 익숙한 목소리였다.

"……어? 모니카?"

내 옆에 있는 안나가 당황한 것처럼 중얼거렸다.

두꺼운 구름으로 가려져 있던 달이 얼굴을 내밀었다. 골목길에 빛이 쏟아졌다.

푸르스름한 달빛을 받아 드러난 것은, 엉덩방아를 찧은 채 양 손을 들어 올리고 있는 사람——길드 접수원인 모니카였다.


"아, 진짜! 깜짝 놀랐잖아요—! 카이젤 씨, 방금 저를 베려고 했죠?!"

"아니, 그게—. 어, 미안해."

대놓고 몹시 화를 내는 모니카에게 나는 진심으로 사과했다.

결국 골목길에 숨어 있던 사람은 모니카였다.

"그런데 왜 이런 데 숨어 있었던 거야?"

"아까 걷다가 두 사람을 발견했는데요. 안나 씨가 칠칠치 못하

게 카이젤 씨에게 잔뜩 어리광을 부리는 게 웃겨서, 몰래 뒤따라
갔던 거예요―."

아하. 그랬구나.

"안나 씨, 직장에서는 엄한 표정으로 가차 없이 나한테 지시를
내리는데, 알고 보니 그렇게 여자다운 표정도 지을 수 있네요―?"

모니카는 "풉, 킥킥" 하고 놀리듯이 웃었다.

"어휴, 그만해, 모니카!"

그 말에 안나는 쩔쩔매기 시작했다.

"'이러면 애인처럼 보이지 않을까?'라고 하면서 안나 씨가 카이
젤 씨와 팔짱을 꼈잖아요. 그게 참 귀여웠는데―. 직장 동료들도
다들 봤으면 좋았을 텐데―."

"……모니카. 그 이야기를 직장 동료들에게 했다가는, 당신을
만날 야근하느라 집에도 못 가는 신세로 만들어줄 거야. 알았지?"

"아, 아니, 그건 좀―. 농담이었어요―."

더 이상 놀리는 것은 위험하다고 판단했나 보다.

안나에게 협박당한 모니카는 경직된 미소를 지으며 말했다.

이런 경우에는 물러날 때를 잘 판단하는 것이 중요하다.

"그런데 안나 씨를 지키려고 하는 카이젤 씨의 모습, 정말 멋있
었어요. 저한테 칼을 들이댔을 때는 심장이 좀 쿵! 했어요."

"응, 맞아. 우리 아빠는 믿음직하고 멋있다니까."

"저기, 너희들이 그렇게 칭찬해도 난 아무것도 못 줘."

"아이참―. 그냥 진심으로 하는 말인데요―."

그러면서 실실 웃는 모니카. 나는 쓴웃음을 지었다.

정말 넉살이 좋은 아이라니까.

아무튼 혼자 돌려보내기는 뭐하니까, 집에 데려다줘야겠다.

칭찬받고 기분이 좋아서 그러는 것은 아니다. ……뭐, 아주 조금은 그런 이유도 있을지도 모르지만.

# 제22화

오늘은 레지나와 함께 임무를 수행하러 가게 되었다.

모험가 길드로 가자, 안나가 임무를 설명해줬다.

"이번에 아빠랑 레지나 씨가 담당해줄 임무는 호위 임무야. 변경에 있는 엘프 마을로 상품을 운반하는 대상(隊商)이 있는데, 그들을 마물들의 습격으로부터 지켜줘."

"엘프 마을······? 가는 길이 꽤 위험할 텐데."

"응. 도중에 누메릭 습원(濕原)을 통과해야 하니까. 그곳에는 지나가는 인간을 노리는 수많은 포식자가 서식하고 있지."

"아무리 장사를 하기 위해서라지만. 상인도 고생이 많구나. 우리 같은 모험가를 고용하려면 그 비용도 상당한 금액일 텐데."

"하지만 그만큼 보상도 크잖아? 모험가를 고용하고도 돈이 남을 정도로. 엘프들은 좋은 고객이니까."

"그래, 그 녀석들이 상품의 대가로 제공하는 물품은 전부 다 가치가 높지."

레지나가 보충 설명을 하듯이 중얼거렸다.

"임무의 내용 자체는 문제없어. 다만."

"다만? 무슨 문제라도 있어? 아빠."

"평범하게 마차를 타고 간다면 이틀은 걸리는 길이잖아? 지금은 특별한 상황이니까, 너희들만 여기 놔두고 외박을 한다는 것은······."

169

내가 없는 동안에 우리 딸들에게 무슨 일이 생기지 말란 법은 없었다.

"나 참. 아빠는 너무 걱정이 많다니까."

안나는 씁쓸하게 웃었다.

"그건 걱정하지 마. 그 임무는 최단으로, 당일치기로 끝낼 수 있어."

"그게 무슨 뜻이야?"

"이번에 호위하게 될 대상의 말은 바람의 마도기(魔道器)를 장비하고 있거든. 평범한 말과는 비교가 안 되는 속도로 이동할 수 있어."

그렇구나.

바람 마법으로 이동력을 강화한 말이라는 건가.

"당일치기로 다녀올 수 있다면 문제는 없겠네. 알았어. 그럼 임무를 수행하러 갈게. 이대로 지정된 장소로 가면 돼?"

"응. 이미 이야기는 해놨어."

"좋아. 레지나. 그럼 갈까?"

나는 레지나와 함께 모험가 길드를 떠나려고 했다. 그런데 그때.

"아. 저기, 잠깐만."

안나가 우리를 불러 세웠다.

"응? 왜?"

"이번 임무 말인데, 어떤 사람을 데려가줬으면 좋겠어. 조금만 있으면 올 테니까 여기서 기다려줘."

"어떤 사람을 데려가 달라고?"

내가 고개를 갸웃거렸을 때였다.

모험가 길드의 문이 활짝 열렸다.

"아버님!"

그쪽을 돌아봤더니, 엘자가 뛰어 들어오는 모습이 보였다.

"설마……."

"네. 이번 임무에는 저도 동행하게 해주세요."

데려갔으면 좋겠다는 사람이 엘자였나 보다. 그리고 보니 엘자는 오늘 기사단 업무는 비번이었다.

"잠깐만, 너 오늘은 모처럼 쉬는 날이잖아. 괜찮아?"

"네, 두 분 곁에서 배우고 싶어요."

가슴에 손을 얹고 그렇게 이야기하는 엘자의 얼굴은 진지해 보였다.

"흥. 방해되는 존재는 필요 없어."

그런데 레지나는 엘자의 요청을 차갑게 거절했다.

"저는 방해가 되지 않을 겁니다!"

"너는 나도, 카이젤도 이기지 못하잖아?"

"언젠가는 꼭 이길 겁니다. 그러기 위해 동행하는 겁니다."

"나로선 네 꿈을 이뤄줄 이유는 없어."

"으윽……."

이를 가는 엘자. 그걸 보다 못한 안나가 끼어들었다.

"아이참. 뭐 어때? 그냥 데려가도 되잖아. 게다가 이미 엘자가

171

동행한다는 사실은 의뢰인에게 전달해뒀어."

"뭐라고?" 하고 레지나가 눈을 부라렸다.

"……야. 넌 그럼 내가 반대할 것을 예상하고 미리 손을 써놓은 거구나?"

"글쎄? 그건 지나친 생각인 것 같은데."

그러면서 시치미를 뚝 떼는 안나.

안나는 만만찮은 녀석이니까. 분명히 고의로 그랬을 것이다.

"흥. 뭐, 어쨌든 미안하게 됐네. 네가 의뢰인에게 전달했든 안 했든 상관없어. 나는 이 녀석을 데려갈 마음이 없어."

그런데 안나의 술수보다도 레지나의 고집이 더 셌다.

엘자를 동행시킬 마음은 없어 보였다.

"……레지나 씨. 당신은 왜 그렇게 완고하게 저의 동행을 거부하는 겁니까?"

아무래도 이렇게까지 박대를 당하니까 엘자도 이제는 화가 난 것 같았다. 날카로운 눈빛으로 레지나를 똑바로 응시했다.

"말했잖아. 실력이 부족한 녀석을 데려가 봤자 소용없다고."

"진심으로 그렇게 말씀하시는 겁니까?"

"무슨 뜻이지?"

"……실은 아버님과 단둘이 있을 수 없게 되어서 싫은 게 아닌가요?"

"그그그, 그게 무슨 소리야?! 말도 안 되는 소리 하지 마! 내가 이 녀석과 단둘이 있기를 바란다고?!"

엘자에게 지적을 당한 레지나는 눈에 띄게 동요했다. 무표정한 철가면이 부서지고, 새빨개진 얼굴로 몹시 허둥거리고 있었다.

"그 반응을 보니, 제 말이 정답이군요?!"

"아니야! 야, 그 말 취소해!"

"그럼 제가 동행하는 것을 허락해주세요. 안 그러면 레지나 씨는 그런 동기로 행동했다고 간주될 겁니다. 아시겠어요?"

"……쳇. 이 꼬맹이가……."

레지나는 뿌득뿌득 이를 갈면서 화난 눈초리로 엘자를 쏘아봤다. 완전히 형세가 역전돼버렸다.

"이번에는 엘자가 한 수 위인 것 같네."

안나가 쿡쿡 웃었다.

"레지나 씨. 엘자의 동행을 허가해줄래?"

"괜찮아. 레지나. 엘자는 네 생각보다 훨씬 더 강한 아이야. 절대로 방해될 리 없어. 내가 보증할게."

그렇게 나도 한마디 거들었다.

사면초가 상황이란 것을 이해한 걸까.

레지나는 짧게 한 번 혀를 차더니 체념한 것처럼 중얼거렸다.

"……치. 그래, 마음대로 해."

# 제23화

"우와! A랭크 모험가 두 분에다가 엘자 기사단장님까지 와주시다니! 이번 여행은 아무 문제도 없겠네요!"

의뢰인인 배불뚝이 남자 상인은 엘자가 동행한다고 하니까 기뻐했다.

무척 행복하게 웃는 그는 선량한 사람인 것 같았다.

그 옆에서는 마차 여러 대와 남자 상인이 대기하고 있었다. 마차에 매인 말의 발굽에는 바람 마법의 마도기가 장착되어 있었다.

남자 상인은 레지나와 엘자를 보더니 의아하다는 듯이 고개를 갸우뚱했다.

"으음? 저, 왜 그러십니까? 두 분이 서로 얼굴도 안 보고 계시는데요."

레지나와 엘자는 서로를 외면하고 있었다.

좀 전의 그 사건도 있었으니까. 서로 마음이 안 맞나 보다.

"아뇨. 아무것도 아닙니다. 하하하."

나는 애써 미소를 지으면서 적당히 얼버무리려고 했다.

'협동이 가장 중요한 호위병들끼리 실은 사이가 안 좋다'는 사실을 들킬 수는 없었다. 의뢰인을 괜히 불안하게 만들 테니까.

"자, 그럼 갈까요? 세 분은 선두의 마차 짐칸에 승차해주세요. 자리가 좀 좁아서 죄송하지만요."

우리는 마차 짐칸에 올라탔다.

판자 바닥 위에는 대량의 짐이 쌓여 있었다.

먼지도 없이 꼼꼼하게 잘 관리된 것처럼 보였다.

좋은 마차인 것 같았다.

마도기를 장착한 말은 상식을 초월하는 보행 속도를 자랑했는데, 그래도 마차 짐칸은 별로 흔들리지 않았다. 짐이 무너지지도 않았다.

짐칸을 둘러싼 휘장을 손으로 헤치면서 열어젖혔다.

바깥 풍경이 쏜살같이 뒤로 흘러가고 있었다.

"오— 과연. 이러면 확실히 금방 도착하겠네."

안나의 말 그대로였다.

마도기의 효과는 참 굉장했다.

"있잖아, 너희 둘도 바깥 풍경을 좀 구경해봐——아, 응?"

나는 이 바람이 된 듯한 감각을 엘자와 레지나도 맛보면 좋겠다——고 생각해서, 두 사람에게 이리 오라고 손짓하려고 뒤를 돌아봤는데.

두 사람은 서로 살벌하게 눈싸움을 하고 있었다.

"흥. 네가 도대체 뭘 알아?"

"적어도 레지나 씨보다는 잘 안다고 생각합니다만?"

그야말로 일촉즉발.

둘 다 칼이라도 뽑을 것처럼 험악한 분위기였다.

"이봐, 무슨 일이 있었던 거야?"

또 레지나가 엘자에게 방해된다고 막말을 한 건가?

나는 그렇게 짐작했는데, 그들의 대답은 예상외였다.

"내가 더 카이젤을 잘 알아. 당연하잖아?"

"아뇨! 제가 더 아버님을 잘 알고 있습니다! 그건 틀림없어요!"

──뭐?

두 사람의 말다툼 내용을 들은 나는 그대로 굳어버렸다.

뭐야? 나에 관한 이야기야?

"아까 아버님은 제가 동행할 수 있도록 도와주셨잖아요. 그것에 관해 레지나 씨는 이렇게 말했습니다. '그 녀석은 옛날부터 무른 구석이 있었다'라고. 이에 대해 저는 반박했습니다. '아버님은 고작 그런 이유로 위험한 임무에 동행하는 것을 허락하실 분이 아니십니다'라고요. 그랬더니 레지나 씨는 '그 녀석에 대해 잘 아는 척 떠들어대지 마'라고 하셔서……."

"그래서 누가 더 나를 잘 이해하고 있는지로 말다툼을 한 거야?"

내가 그렇게 물어보자 엘자는 고개를 끄덕거렸다.

뭐야, 그게……?

레지나는 콧방귀를 뀌더니 의기양양한 표정을 지었다.

"분명히 말해두는데, 나는 모험가가 된 이 녀석과 쭉 파티를 짰었어. 그러니까 이 녀석에 관해서는 모르는 것이 없어."

"그렇게 따지면 저는 태어났을 때부터 계속 아버님과 함께 있었습니다. 제가 더 깊이 아버님을 이해하고 있어요."

"하지만 너는 모험가였던 시절의 이 녀석이 어땠는지는 모르잖아? 이 녀석의 인생의 핵심이 응축된, 그야말로 청춘이라고 할 만한 몇 년간을 함께 보내왔단 말이다. 나는."

"그런 식으로 말한다면 레지나 씨는 아버지로서의 아버님이 어떤 사람인지는 모르잖아요? 아버님의 부성을 아는 사람은 우리 자매들밖에 없어요."

"으윽······."

"끄응······."

레지나와 엘자는 둘 다 분하다는 듯이 이를 갈았다.

"그럼 넌 카이젤과 함께 사선을 넘나드는 경험을 해본 적 있어? 난 해봤는데? 사선을 넘나드는 경험이야말로 진정한 인연을 낳는 거야."

"윽······. 하지만 저는 아버님과 여러 번 목욕을 같이 했어요! 사선을 넘나드는 것보다도 이쪽이 더 친밀도가 높은 행위라고 생각하는데요?!"

엘자는 가슴에 손을 얹고 주장했다.

"게다가 등을 밀어드린 적도 있어요!"

"뭐라고······? 나조차도 그 녀석의 등을 밀어준 적은 없는데······!"

"더구나 어린 시절에는 날마다 아버님이 저에게 키, 키스를 해주셨습니다. 그런데 당신은 아버님의 입술을 모르잖아요?"

"잘난 척하지 마. 꼬마야. 나도 그 정도는 알아!"

"네엣──?!"

"카이젤과 키스 정도는 당연히 해봤지! ──왜냐하면 우리는 한 파티의 멤버였으니까!"

"아버님이 레지나 씨와 키, 키스한 적이 있다고요……?! 역시 두 분은 남녀로서 특별한 관계였던 건가요……?!"

"아니, 잠깐만! 엘자, 그건 오해야! 키스라고는 해도, 그건 빈사 상태에 빠진 레지나에게 인공호흡을 해주느라 어쩔 수 없이 그랬던 거야!"

파티 멤버가 탄 배가 침몰했을 때, 수영을 못하는 레지나가 물에 빠지는 바람에 응급처치하느라 입을 맞춘 것이었다.

엘자가 상상하는 것과는 달랐다.

"휴……. 그랬던 거군요."

"뭐, 그래도 내가 카이젤의 입맞춤을 알고 있다는 것은 변함없는 사실이야. 꼬마야. 너만의 전매특허가 아니란 거다."

팔짱을 끼고 의기양양한 표정을 짓는 레지나.

"또 어린 시절의 입맞춤과 어른이 되고 나서의 입맞춤을 비교해보면 후자가 더 낫지! 아무래도 내가 너보다 한 수 위인 것 같구나."

"으윽……?!"

엘자는 이겼다고 우쭐거리는 레지나 앞에서 낭패한 것 같았다.

……왜 그렇게 필사적으로 대결하는 거야?

어지간히 엘자가 마음에 안 드는 걸까.

"크윽……! 레지나 씨에게는, 질 수 없어요……!"

엘자의 눈동자에는 강한 의지의 빛이 깃들어 있었다.

어, 저기―. 그건 검술에 관한 이야기이지?

설마 나를 더 깊이 이해하느냐 마느냐 하는 이야기인가?

휘장 바깥을 살펴보니 이미 누메릭 습원에 들어와 있었다.

주위의 풍경은 탁 트여 있었다. 탁한 빛깔의 늪이 있고, 무릎까지 올라오는 초목이 무성하게 자라난 공간. 그 습원 전체를 감싸는 것처럼 옅은 안개가 깔려 있었다.

바로 그때였다.

그동안 순조롭게 나아가던 마차가 갑자기 멈춰 섰다. 짐칸이 쑥 내려갔다.

"무슨 일이죠?"

나는 앞쪽 휘장을 젖히고 마부석의 남자 상인에게 물어봤다.

"아이고……. 이거 짐칸의 바퀴가 진창에 빠진 것 같아요. 직접 끌어올려야 할 것 같네요."

"그럼 저희도 도와드릴게요."

"오. 그래 주시면 정말 고맙죠! 잘 부탁드립니다!"

남자 상인은 두 손을 맞잡고 눈에 띄게 기뻐했다.

"그런데 이상하네요. 늪에는 가까이 다가가지 않으려고 했는데……. 마치 늪으로 빨려 들어가는 것 같았어요."

그러면서 미심쩍다는 듯이 살집이 두툼한 턱을 쓰다듬었는데.

"데브리 씨! 큰일 났어요! 주위에 마물들이 나타났어요!"

뒤쪽 마차의 마부석에 앉아 있던 상인이 소리쳤다.

"뭐라고?" 하고 상인들의 리더인 남자──데브리가 말했다.

""헉?!""

단번에 팽팽한 긴장감이 돌았다.

나는 즉시 휘장을 완전히 열어젖히고 바깥을 살폈다.

마차 주위에 은은하게 깔린 하얀 안개 속에서──그 안개의 장막을 찢고 대량의 마물들이 모습을 드러냈다.

마차 바퀴가 빠져버린 진창 속에서도 진흙 손 같은 마물이 튀어나와 있었다.

아, 그렇군.

이 녀석들이 끌어당긴 거구나.

"으아아아악?! 포위당한 거야?!"

"움직이지도 못하는데, 이거 위험해!"

돌연 닥쳐온 위기에 상인들은 당황하여 허둥거렸다.

"괜찮습니다. 이런 때를 위해 우리가 있는 거니까요."

"아버님!"

"응, 그래"

나는 엘자의 부름에 응해 고개를 끄덕였다.

"마차를 끌어올리기 전에, 먼저 본업인 호위 임무부터 수행하자."

# 제24화

마차 주위를 대량의 마물들이 에워싸고 있었다.

독을 가진 개구리 마물.

인간과 비슷한 지성과 인간을 초월한 괴력을 가진 원숭이 마물.

거대한 진흙 손 마물.

인간의 체내에 침입해서 두뇌를 차지해버리는 아메바 마물.

전부 다 따로 떼놓고 봐도 성가신 적이었다.

"흐이익! 역시 돈 욕심 때문에 이런 위험한 곳까지 온 게 잘못이었어!"

"다, 당황하지 마! 우리한테는 기사단장님과 동료분들이 있잖아?! 그 세 분이 있으면 마물 따위는 두려워할 필요 없어!"

"하지만 데브리 씨, 당신도 다리가 덜덜 떨리고 있잖아요?!"

"바, 바보야! 그냥 운동 부족이라 손발이 저려서 그런 거야!"

아니, 그건 또 그것대로 문제가 있다고 생각하는데…….

어쨌든 상인들과 마차를 반드시 지켜야 한다. 말이나 마차가 다친다면 앞으로의 이동에 지장이 생길 것이다.

"레지나! 엘자! 엄호해줘!"

"말 안 해도 알아."

"네, 맡겨주세요!"

우리는 호위를 하면서 마물들과 맞서 싸웠다.

원숭이 마물이 습원에 박혀 있는 바위를 뽑아서 이쪽으로 냅다 던졌다.

멀리서 원거리 공격으로 진형을 무너뜨리고 싶은가 보다.

또한 개구리 마물들이 독 거품을 뿜어냈다. 스치기만 해도 모든 것을 녹여버리는 맹독이 우리를 덮쳤다.

협동 작전을 펼치는구나.

제법 똑똑하네. 하지만——.

"레지나!"

"알았어! ——이얍!"

레지나가 휘두른 대검에서 발사된 바람 탄환이 그 바위와 독액을 튕겨냈다.

산산이 부서진 바위 조각과 독액이 소나기처럼 마물들 위로 쏟아졌다. 자기들이 했던 공격을 고스란히 돌려받은 그들의 모습은 아비규환이었다.

"그런데 다른 종족의 마물들끼리 협동하다니……."

엘자가 중얼거렸다.

"누메릭 습원에 서식하는 마물은 전체적으로 하나의 생태를 구축하고 있어. 무리 지어 행동함으로써 확실하게 먹잇감을 사냥한다. 골치 아픈 놈들이야."

"조무래기들이 아무리 한데 모여 봤자 결국 조무래기야. 상관없어."

레지나의 패기 있는 한마디에 나는 무심코 쓴웃음을 지었다.

나도 얌전히 저 녀석들의 뜻대로 잡아먹힐 마음은 전혀 없었다.

레지나는 흐트러진 마물의 진형 속으로 돌진했다. 거의 사람만큼이나 커다란 대검을 가볍게 휘둘러 마물을 베어 넘겼다.

"카이젤!"

눈이 마주친 순간.

나는 레지나의 의도를 이해했다.

당장 불 마법을 발사했다.

지면에 거대한 불기둥이 생겨났다.

"하아앗!"

레지나가 대검을 휘둘러 풍압을 발생시켜, 내가 만들어낸 불기둥을 멀리 날렸다. 그 불은 파도처럼 마물들 사이로 번져 나갔다.

비명이 튀어나왔다.

단번에 마물들을 물리치는 데 성공했다.

"레지나 씨! 뒤를 조심하세요!"

엘자가 반사적으로 소리쳤다.

그쪽을 봤더니.

레지나의 등 뒤에서 거대한 진흙 손 마물이 달려들고 있었다.

"──이얍!"

나는 레지나에게 접근하려고 하는 그 마물을 베어버렸다.

"뭐야, 레지나. 반응을 못 한 거야?"

"웃기지 마. 그 위치라면 당연히 네가 도와주리란 것은 알고 있었다. 대체 몇 년이나 한 팀으로 지냈다고 생각하는 거냐?"

레지나는 사납게 웃으면서 그렇게 말했다.

……이러면 신뢰를 저버릴 수 없겠는걸.

"굉장해! 저 두 사람, 호흡이 딱 맞아!"

"진짜다."

상인들은 나와 레지나의 전투를 보고 환성을 질렀다.

그 소리를 들은 레지나는 만족스럽게 싱긋 웃었다. 의기양양하게 엘자를 힐끗 보더니 도발하듯이 한마디 했다.

"자, 어때? 이것이 나와 카이젤의 오랜 교제에서 비롯된 협동 플레이야. 이 녀석과 나는 그 누구보다도 상성이 좋아."

"크으윽……!"

레지나의 도발에 대해 엘자는 분하다는 듯이 아랫입술을 깨물었다.

"아버님! 이번에는 제가 도와드리겠습니다!"

"그, 그래."

그 기세에 압도된 나는 이번에는 엘자와 서로 등을 맞대고 싸우게 되었다.

몰려오는 마물들을 맞받아쳤다.

엘자의 칼놀림, 간격을 벌리는 방식, 호흡은 어린 시절부터 쭉 지켜봤다. 고로 다음에 어떻게 행동할지도 알 수 있었다.

"와! 이 두 사람도 콤비네이션이 엄청난데?!"

"과연 부모 자식이야! 움직임이 똑같아! 마치 거울을 보는 것 같아!"

상인들은 또다시 환성을 질렀다.

그걸 들은 엘자는 자랑스러운 표정을 지었다.

"후후후. 어떻습니까? 저와 아버님의 콤비네이션은. 아버님이 저에게 직접 검을 지도해주셨기 때문에 이렇게 싸울 수 있는 겁니다."

"……칫."

레지나는 엘자의 웃는 얼굴을 보고 혀를 찼다.

"카이젤! 이번에는 나와 같이 하자! 이 녀석한테 뭔가 보여주자고!"

"아뇨, 아버님! 저와 함께 등을 맞대고 싸웁시다!"

엘자와 레지나가 '저요! 저요!' 하고 앞다투어 나에게 어필했다.

이에 대해 나는 쓴웃음을 지으며 말했다.

"아니. 미안하지만 너희 둘의 요청은 들어주지 못할 것 같아."

""?!""

엘자와 레지나는 허를 찔려 당황하더니.

"왜?!"

"이유를 설명해주세요!"

그런 식으로 반항했다.

나는 피식 웃었다. 그리고 마물들을 향해 턱짓을 했다.

"싸움 상대인 마물들이 이미 전멸해버렸으니까."

두 사람은 얼빠진 표정으로 주위를 둘러봤다.

주변에 존재하는 것은, 바닥에 쓰러져 있는 전투 불능의 마물들밖에 없었다.

완전히 두 사람의 경쟁 구도가 되는 바람에 그들은 눈치채지 못했나 보다. 어느새 마물들을 모조리 해치워버렸다는 것을.

이러면 검을 휘두르고 싶어도 휘두를 수 없는 것이다.

"우와아! 과연 기사단장님과 A랭크 모험가는 뭔가 달라! 그렇게 우글거리던 마물을 쉽게 쓰러뜨리다니!"

"호위병으로서 이보다 더 믿음직한 사람들은 없을 거야!"

상인들은 우리의 전투를 보고 크게 흥분한 것 같았다.

""………….""

그러나.

당사자인 엘자와 레지나는 석연찮은 표정을 짓고 있었다.

# 제25화

단 한 명의 부상자도 없이 마차는 무사히 엘프 마을에 도착했다.

남자 상인──데브리가 우리에게 말했다.

"우리는 엘프 분들에게 상품을 팔고 오겠습니다. 그러니 호위 여러분은 그동안 편히 쉬면서 마을 관광이라도 해주세요."

그런 말을 남기고 상인들은 어디론가 걸어갔다.

우리에게는 휴식 시간이어도 그들에게는 지금부터가 중요한 시간이다. 고객과의 거래라는 전쟁터로 향하는 그들의 표정은 진지했다.

위험을 무릅쓰고 먼 길을 달려왔으니까. 일이 잘 풀리면 좋을 텐데.

"자, 그럼. 의뢰인도 허락해줬으니 이 마을을 한번 둘러볼까. 너희 둘은 어쩔 거야?"

"저는 사양하겠습니다. 오늘 일과가 아직 안 끝났거든요."

"일과……? 아, 또 단련?"

"네. 좀 더 검술 실력을 갈고닦으면서 더 높은 곳을 지향해야 하니까요."

"와, 정말 대단하구나. 그래도 무리는 하지 마, 응? ……아, 그건 아닌가. 강해지려면 다소 무리를 해야 하니까."

단순히 남들과 같은 양의 단련만 한다면, 뛰어난 실력자가 되지는 못한다. 그 점은 나도 잘 알고 있었다.

187

엘자는 고개를 끄덕거리더니 레지나를 똑바로 바라봤다.

"저기요. 레지나 씨. 저와 시합을 해주시겠어요?"

"……뭐라고?"

"저와 일대일 대결을 해주세요."

"예전에 이미 승부는 났잖아?"

"네. 하지만 그 후로 저는 꾸준히 단련해서 전보다 더 강해졌다고 생각합니다. 이번에는 지지 않을 거예요."

도전적인 엘자의 눈빛. 그러나 레지나는 냉담한 태도로 대꾸했다.

"쓸데없는 짓이야. 넌 나를 못 이겨. 몇 번을 해봤자 똑같아."

"해보기 전에는 알 수 없죠."

"아냐. 난 알아. 시간 낭비야."

그러면서 레지나가 고사하려고 했는데.

"엘자가 원하는 대로 해주지 않을래?"

내가 그런 말을 꺼냈다.

"레지나처럼 강한 검사와 시합을 할 수 있다면, 그건 엘자에게는 좋은 경험이 될 거야. 여기서는 실력자로서 한 수 가르쳐주면 안 될까?"

"아버님……."

그러자 레지나는 머쓱한 얼굴로 툭 내뱉듯이 말했다.

"흥, 그러다 이 녀석이 좌절해도 난 책임 못 진다?"

"그 점에 관해서는 걱정할 필요 없어. 우리 딸은 그렇게 마음약한 인간이 아니니까."

그러자 레지나는 재미없다는 듯이 콧방귀를 뀌었다.

"좋아. 꼬마야. 상대해주마."

"감사합니다."

"일단 하기로 마음먹었으니 나도 최선을 다할 거야. 각오해라."

"네, 물론이죠."

"내가 여기 있어도 방해될 테지? 난 한동안 마을 산책을 하고 올게."

나는 빙글 돌아서 두 사람 곁을 떠났다.

거목 아래에 있는 엘프 마을은 활기가 넘쳤다. 모두 외부에서 온 인간인 나에게도 친절하게 대해주는 너그러운 마음씨의 소유 자였다.

그래서 나도 모르게 이것저것 샀다. 기분 좋게 쇼핑할 수 있었다.

어슬렁어슬렁 여기저기 돌아다닌 후. 나는 엘자와 레지나가 있 는 곳으로 돌아갔다.

슬슬 결판이 났을까.

엘자가 바닥에 무릎을 꿇은 채 분하다는 듯이 입술을 깨물고 있 는 것이 보였다.

예상대로라고 해야 하나. 레지나에게 졌나 보다.

"……흥."

레지나는 대검을 등 뒤에 도로 집어넣고, 엘자에게서 시선을 떼더니 이쪽으로 걸어왔다. 그 표정은 상쾌해 보였다.

"마침 시합이 끝났나 보네. 자, 이거 받아."

나는 방금 사 온 물을 레지나에게 건네줬다.

"이게 뭐야?"

"엘프 마을에서 채취한 특별한 물이래. 영양분이 풍부하고 미용에도 좋다고 해. 엘자를 도와준 것에 대한 답례야."

"그래."

레지나는 내가 주는 물을 받아서 꿀꺽 마셨다.

"역시 네가 보기에는 엘자는 아직 한참 부족해?"

"뭐, 그렇지. 날 이기기에는 도저히 무리야. 다만……."

"다만?"

"저번에 겨루었을 때보다는 훨씬 더 몸놀림이 좋아졌어. 이렇게 단기간에 놀랄 정도로 비약적인 발전을 했으니, 그 점은 높이 평가할 만해."

"오. 신기하네. 레지나가 남을 칭찬하다니."

"나는 남을 칭찬하지 않기로 한 것은 아니야. 단지 높이 평가할 만한 사람이 없을 뿐이지. 좋은 것은 좋다고 솔직하게 말하는 편이다."

레지나는 엘프의 물을 다 마신 뒤 걸음을 뗐다.

"어디 가?"

"나도 마을 구경을 해보려고. 좀 전에 상점에서 눈에 띄는 물건이 있었거든. 미리 말해두는데, 따라오지 마라."

도대체 뭘 사려는 걸까.

아, 물론 집요하게 캐낼 생각은 없지만.

나는 레지나를 떠나보낸 다음에 엘자에게 다가갔다.

"엘자. 고생했어. 자, 선물이야."

바닥에 무릎 꿇고 앉아 있는 엘자에게 엘프의 물을 건네줬다.

"……아버님. 저는 또 레지나 씨에게 지고 말았어요."

"응, 그래."

나는 그렇게 말했다.

"전에도 이야기했듯이 그 녀석은 세계적으로도 손꼽힐 만한 검
사야. 너무 신경 쓰지 마. 게다가 그 녀석은 엘자, 너를 칭찬했어."

"레지나 씨가요?"

"응. 이렇게 단기간 내에 그 정도로 발전한 것이 굉장하다고
했어."

"…………."

"어, 왜 그래? 왜 입을 다물고 있어."

"저, 그게. 분해서요."

"분하다고?"

"칭찬했다는 건, 상대가 대등하다고 생각하지 않는다는 거잖아
요. 대등하다고 생각하는 상대에게는 위기감을 느낄 테니까요."

아——.

하긴, 엘자의 말이 옳을지도 모른다는 생각이 들었다.

싸운 상대를 칭찬한다는 것은 아직 여유가 있다는 뜻이다. 정
말로 위기감을 느낀다면, 상대를 칭찬할 여유 따윈 없을 것이다.

내가 기사단의 나탈리와 대련을 했을 때도 그랬다.

엘자로서는 칭찬받는 것이 달갑지 않을 것이다.

"그나저나 요새는 전보다 더 열심히 단련하는 것 같구나."

"저는 무슨 수를 써서라도 레지나 씨를 이기고 싶어요."

"자신의 검술이 옳다는 것을 증명하기 위해서?"

"아뇨. 물론 그런 이유도 있지만……."

엘자는 우물거리다가 말을 이었다.

"아버님 곁에 나란히 서는 사람은 레지나 씨가 아니라, 저였으면 좋겠다고 생각해서요. ……그 자리는 아무에게도 넘겨주고 싶지 않아요."

내 눈을 똑바로 응시하면서 그렇게 고백했다.

그 말이 끝난 순간, 화들짝 놀라면서 정신을 차린 엘자는 뺨을 붉혔다. 그리고 부끄러운지 고개를 숙이면서 조그맣게 중얼거렸다.

"죄, 죄송해요……. 제가 뻔뻔한 소리를……."

"아냐, 엘자. 네가 그렇게 생각하고 있었다니. 기뻐."

나는 엘자를 보고 웃으면서 그녀의 머리를 쓰다듬어줬다.

"그런데 그 말을 들으니까 나도 앞으로 노력해야겠는걸. 엘자와 나란히 섰을 때 뒤처지지 않도록 열심히 단련해야겠어."

딸의 발목을 잡는 존재가 될 수는 없으니까.

"우리 둘 다 힘내자."

마차 앞에서 상인들과 만났다. 그들은 기뻐서 어쩔 줄 모르는 표정이었다. 아마도 거래가 아주 잘 성사된 것 같았다.

"어유. 덕분에 엄청난 이익을 낼 수 있었습니다. 여러분의 호위 비용을 제하더라도 충분히 돈이 남을 정도예요. 하하하!"

"그것참 잘됐네요. 그 말을 들으니 우리도 기쁩니다."

여기까지 왔는데 손해만 보고 간다면 너무 슬프지 않은가.

우리는 거래가 성공하든 실패하든 무조건 호위 임무의 요금은 받을 수 있지만, 의뢰인이 기뻐하지 않는다면 의미가 없으니까.

돈을 위해서가 아니라 의뢰인의 기쁨을 위해 임무를 수행하는 것이다.

"그럼 돌아가는 길에도 호위를 부탁드리겠습니다."

"네, 맡겨주세요."

엘프 마을에서 출발한 마차는 왕도를 향해 달리기 시작했다.

오는 길에 비해 돌아가는 길은 너무나 평온했다. 예정대로 해가 지기 전에 모험가 길드로 돌아올 수 있었다.

안나가 우리를 맞이해줬다.

"아빠. 엘자. 레지나 씨. 수고했어. 이번 임무도 성공한 것 같네. 상인들도 정말 기뻐하더라."

상인들은 왕도에 돌아왔을 때 고맙게도 추가로 보수를 지불하겠다고 말했다. 여러분이 그만큼 일을 잘해주셨기 때문이라면서.

하지만 우리는 그것을 사양했다.

이미 보수는 충분히 받았다.

"그래, 잘됐네. 그럼 우리는 이만 가볼게."

그러면서 모험가 길드를 떠나려고 했다. 그런데 그때.

"——아 참. 아빠. 좋은 소식이 하나 있어."

"응?"

안나가 나를 불러 세웠다.

좋은 소식?

"요즘 들어 아빠는 엄청난 기세로 높은 랭크의 임무를 수행하고 있잖아?"

"응. 그렇지."

왕도에 온 다음부터 계속해서 높은 랭크의 임무를 달성해왔다. 특히 레지나와 한 팀이 된 이후로는 파죽지세였다.

"이런 식으로 하다보면 S랭크로 승격될 수 있을지도 몰라."

"뭐? 내가, S랭크가 된다고?"

"아직 확정은 아니지만."

"…………."

안나가 가르쳐준 그 소식에 나는 정신이 얼떨떨해졌다.

내가 S랭크 모험가가 된다니?

고향을 떠나 모험가가 되었을 때부터 끊임없이 추구해왔던 꿈. 이미 한 번 단념했던 그 꿈이, 이루어질지도 모른다고……?

"레지나 씨도 승격 자격은 다 갖췄는데도 계속 거절했었다면서?"

안나가 레지나를 향해 말했다.

"그냥 이 기회에 아빠와 함께 승격하면 어떨까?"

"……흠, 그렇군."

레지나는 별로 싫어하는 기색도 없이 중얼거렸다.

그 모습을 본 안나는 접수처에 팔꿈치를 대고 턱을 괸 채 놀리 듯이 말했다.

"저기, 잠깐만. 혹시 레지나 씨가 그동안 승격하지 않았던 이유 는, 아빠와 함께 승격하고 싶어서 그랬던 거 아냐?"

"…………."

레지나는 안나의 말을 듣고 난처한 것처럼 시선을 피했다.

"어? 혹시 그게 정답이야?"

"흐, 흥!"

레지나는 긍정도 부정도 안 하고 콧방귀만 뀌면서 대충 넘어가 려고 했다. 얼굴을 반대쪽으로 홱 돌렸지만, 귀가 순식간에 빨갛 게 익어버렸다.

……그런가. 내가 S랭크 모험가가 되는 건가.

# 제26화

그 후로 시간이 얼마쯤 흐른 어느 날 밤.

우리 집 거실.

저녁식사를 마치고 가족들끼리 오붓하게 지내고 있을 때였다.

"있잖아─. 아빠. 내일 나랑 같이 놀러 가자, 응─?"

메릴이 철퍼덕 테이블 위에 엎드리면서 그런 제안을 했다.

"미안. 내일은 해야 할 임무가 있어."

"뭐─? 또 임무? 어제도 오늘도 하러 갔잖아─?!"

메릴이 불만스럽게 허공에 뜬 두 다리를 동동거렸다.

"요새 아빠가 나한테 전혀 신경을 안 써줘─!"

"아니, 그건 아니잖아."

"일반 가정에 비하면 엄청나게 신경 써주는 편이라고 생각하는 데"라고 안나가 말했다.

"다른 가정은 어떻든 상관없어! 지금까지의 내가 기준이야! 나는 아빠와 24시간 내내 사이좋게 달라붙어 있고 싶어!"

"아버님과 같이 있지 못하니까 금단 증상이 나타난 것 같네요……"라고 엘자가 기막혀하는 얼굴로 중얼거렸다.

나는 무심코 쓴웃음을 지었다.

최근에는 줄곧 모험가 임무를 수행하러 나가기만 했다.

그것 때문에 기사단 교관으로서의 업무도, 마법 학교 시간 강사로서의 업무도, 공주님의 가정교사로서의 업무도 줄여야 했다.

그 결과, 딸들과 함께 지내는 시간도 줄어들었다.

그것은 전적으로──.

"뭐 어때? 좋잖아. 아빠는 지금 뒤늦게 찾아온 청춘을 즐기고 있는걸."

턱을 괸 채 안나가 웃으면서 그렇게 한마디 했다.

"젊은 시절에 품었던 S랭크 모험가의 꿈이 이제는 손이 닿을 정도로 가까이 다가왔잖아. 그러니까 완전히 열중하는 것도 당연해."

성숙한 어른의 관점에서 내놓는 의견이었다.

하지만, 그래. 안나의 의견은 정확했다.

나는 돌연 눈앞에 드리워진 희망의 끈을 발견하고 들떠 있었다. 최근에는 마치 옛날로 돌아간 것 같은 생활을 쭉 해오고 있었다.

다른 것에는 한눈팔지도 않고.

오로지 저 높은 곳을 향해 끊임없이 달렸다.

그렇게 뭔가에 몰두하는 것은, 오랫동안 잊고 살았던 감정이었다.

"아, 그러고 보니 그동안 제대로 물어본 적이 없었는데."

"응, 뭔데?"

"아빠는 왜 모험가가 된 거야?"

"아니, 왜 그래? 갑자기."

안나의 말에 나는 저절로 웃고 말았다.

"레지나 씨와 같이 있을 때의 아빠를 보면서. 문득 그런 생각을 했거든. 아빠도 우리와 같은 나이였던 시기가 있었구나…… 하고."

197

"뭐, 그건 그렇지. 나도 한때는 갓난아이였고, 어린이였고, 젊은이였어. 어느 날 갑자기 이렇게 된 것은 아니야."

음, 하지만 아버지의 젊은 시절의 모습은 상상하기 어려울지도 모른다.

"내가 모험가가 된 이유는 그저 다른 선택의 여지가 없었기 때문이야. 나는 어린 시절에 마물의 습격으로 부모님을 여의었거든. 그 후로는 마을의 고아로서 자라게 되었어."

"아빠가 고아였다니…… 정말?"

"응. 부모님이 돌아가신 후에 나는 아는 사람이 있는 마을의 시설에 맡겨져서 자랐어. 그게 바로 너희의 고향인 유즈하 마을이야."

"그럼 아빠는 우리랑 똑같은 거네?"

"글쎄, 처지를 생각하면 그런가?"

나도, 또 우리 딸들도 친부모님 밑에서 자라지 않았다는 점은 같았다.

그러나 결정적으로 다른 점이 있었다.

"뭐, 나 같은 경우에는 부모님이 돌아가신 것은 어린 시절이었으니까. 두 분을 똑똑히 기억하고 있지만."

그리고──.

"……두 분이 내 눈앞에서 마물의 습격을 당해 돌아가신 순간까지도."

"""""?!"""""

우리 딸들이 놀라서 숨을 들이켜는 것이 느껴졌다.

"우리 부모님은 검술 도장을 운영하고 계셨어. 그래서 나는 어릴 때부터 검술을 배웠지. 은근히 소문이 날 정도의 실력이었어. 그러니까 마물들이 마을을 습격했을 때도, 난 내가 멋지게 싸울 수 있을 줄 알았어."

하지만 전혀 그렇지 않았다.

"실제로 마물과 대치해보니 몸이 완전히 굳어서 움직여지지 않았어. 마물은 겁먹은 나를 덮쳤고, 그때 부모님은 나를 보호하려다가……."

그래. 도저히 잊을 수 없었다.

내 눈앞에서 부모님은 나를 감싸면서 마물에게 살해당했다.

오거가 휘두른 거대한 도끼가 부모님의 두개골을 박살 내버렸다.

"그때 나는 생각했어. 내가 약해서 부모님이 돌아가신 거라고. 이대로 약하게 살면, 강한 녀석한테 휘둘리기만 할 거야. 그래서 나는 모험가가 되기로 했어. 내가 강해지면 나의 소중한 것을 빼앗기지 않아도 될 테니까. 지키고 싶은 것을 지킬 수 있게 될 테니까. 게다가 집안도 안 좋고 학력도 낮은 인간이 출세할 방법은 기껏해야 그런 것밖에 없었거든."

내가 그렇게 말하자, 안나가 입을 열었다.

"저번에 레지나 씨가 과거의 아빠 이야기를 한 적이 있어. 그때 그 사람이 말했어. 그 시절의 카이젤은 무시무시한 귀기를 발했었다고."

"고아였던 나한테는 아무것도 없었거든. 그래서 뭔가 확고한 것을 원했어. 그날의 나보다 더 강해졌다는 사실을 증명해줄 수 있는 무언가를."

과거의 나날들을 떠올렸다.

지키고 싶은 것을 지킬 수 있는 실력을 얻기 위해, 그 증거라고 할 만한 S랭크 모험가가 되려고 필사적으로 노력했던 시간.

"안나, 네가 말했던 것처럼 그 시절은 나에게는 청춘이었을지도 몰라. 그 당시에는 매일 필사적으로 사느라 눈치채지 못했지만, 그래도 확실히 즐거웠어."

"그럼 지금은, 두 사람에게는 제2의 청춘인 거구나."

"두 사람이라니?"

"레지나 씨 말이야. 그 사람 말고는 없잖아?"

"아니, 잠깐만. 레지나는 그런 생각을 할 것 같은 녀석이 아니야. 예나 지금이나 특별한 감정은 없을 거야."

"그래? 내가 보기에는 레지나 씨도 아빠와 똑같은 생각을 하고 있을 것 같은데. 최근에는 표정도 눈에 띄게 부드러워졌잖아?"

"아니, 변한 게 없지 않아……?"

"정말? 아, 남자는 모르나? 하지만 같은 여자가 보면 일목요연해."

그러면서 안나는 다 안다는 것처럼 미소를 지었다.

"왠지 지금의 아빠랑 레지나 씨는 말이지, 동창회에서 오랜만에 재회한 급우가 의기투합해서 깊은 관계로 발전해 나가는 루트에 돌입한 것처럼 보여."

"아빠. 안 되는 거 알지? 레지나 씨와 사이좋게 딱 달라붙어 지내면 안 돼! 아빠한테는 나라는 귀여운 딸이 있잖아?!"

메릴이 단단히 다짐을 받으려는 것처럼 나에게 말했다.

"하하하. 응, 알아."

애초에 레지나와는 그런 관계가 아니다.

나와 레지나는 옛 동료이고, 깊은 신뢰 관계로 맺어져 있다……고 생각한다. 그러나 남녀 관계라고 할 만한 요소는 눈곱만큼도 없었다.

레지나도 틀림없이 똑같은 말을 할 것이다.

"자, 그러니까 아빠는 나랑 사이좋게 노는 거야!"

"대체 뭐가 '그러니까'야?"

"내일 임무를 수행하느라 나랑 사이좋게 놀지 못한다면, 지금 해 달라는 거야! 구체적으로는 내 옆에서 같이 자줘♪"

뭐, 그걸로 납득해준다면 그것도 괜찮은가…….

"나 참. 하는 수 없지."

"와, 신난다♪"

나는 한껏 들뜬 메릴과 함께 침실로 가려고 했다. 그런데 그때.

"엘자. 왜 그러니?"

엘자가 이쪽을 가만히 바라보고 있었다.

"아, 아뇨, 그냥……."

"아. 알았다. 엘자, 너도 아빠랑 같이 자고 싶은 거지?"

"──?! 아, 아닙니다……!"

엘자는 얼굴이 새빨개지더니.

"저, 저는, 자기 전에 검을 손질해두고 싶어서요. 이만 실례하겠습니다. 아버님. 그리고 여러분, 모두 안녕히 주무세요!"

그런 말을 남기고 달아나듯이 그곳을 떠났다.

"으음? 도대체 뭐지?"

그러면서 나는 고개를 갸웃거렸는데.

"글쎄, 아마도 복잡한 나이대라서 그런 게 아닐까?"

안나가 턱을 괴고 그렇게 중얼거렸다.

"이것저것 사정이 많거든. 저 나이대의 청소년에게는."

……아니, 너도 엘자와 같은 나이잖아. 안나는 같은 또래 여자들에 비하면 좀 심하게 어른스러운 경향이 있었다.

"아빠. 빨리, 빨리─♪ 사이좋게 놀자!"

메릴이 내 팔을 거침없이 끌어당겼다.

"오늘 밤에는 잠 못 자게 해줄 거야─♪"

그렇게 말하더니 내 팔뚝에 뺨을 대고 비비면서 마음껏 어리광을 부리는 메릴. 그걸 본 나는 쓴웃음을 지었다. 이 아이는 좀 심하게 어린애 같다는 생각이 들어서.

# 제27화

다음 날 저녁.

카이젤이 왕녀의 가정교사로 일하러 가 있는 동안.

엘자와 안나와 메릴은 그들의 집 거실에서 심각한 표정으로 서로 마주 보고 있었다. 거기서는 평소 가족끼리 있을 때의 밝은 분위기는 느껴지지 않았다.

"엘자. 얼마 전에 있었던 사이클롭스 군단 사건 말인데."

그렇게 안나가 말을 꺼냈다.

"네. 기사단이 주변 지역 일대를 수색했습니다. 그 결과, 안나의 예상대로 전송용 마법진이 숲속에서 발견됐습니다."

"역시 그럴 줄 알았어. 그런 대규모 집단이 돌연 나타난다는 것은 아무리 봐도 부자연스러운걸. 어딘가에서 전송되지 않는 한."

안나는 손에 든 컵 안의 홍차를 한 모금 마셨다.

"역시 그 사이클롭스 군단은 누군가에 의해 전송된 걸까요?"

"응, 아마 그럴 거야—. 마법진에 마력의 잔재가 남아 있었으니까."

그렇게 엘자의 의혹을 뒷받침해주듯이 이야기하는 메릴.

"응, 그래서? 그 마법진은 어떻게 했어? 방치하면 또다시 마물이 이쪽으로 전송될 위험성이 있잖아?"

"그 점은 걱정할 필요 없습니다. 마법진은 메릴에게 부탁해서 해제했습니다."

엘자가 메릴을 돌아보면서 말했다.

메릴은 "에헴!" 하고 가슴을 활짝 펴면서 우쭐한 표정을 지었다.

"그런데─. 나 무지무지 고생했어. 해제하느라 이틀이나 걸렸다니까. 깜짝 놀랄 정도로 술식이 복잡했거든."

"메릴이 그렇게 말할 정도면 어지간히 심했나 봐."

"누가 한 짓인지는 몰라도, 상당히 실력 있는 마법사일 거야. 그만한 양의 마물을 한꺼번에 전송시킨다는 이야기는 들어본 적도 없거든. 애초에 그 정도 규모의 마법진을 그린다는 것은 엄청나게 힘든 일이야. 아, 물론 그래도 내가 더 잘난 천재이지만?"

"응, 응, 그래. 그걸 해제하다니 굉장해. 천재야."

"앗─! 뭐야, 완전히 한 귀로 듣고 한 귀로 흘려보내고 있잖아?! 이런 때 아빠는 틀림없이 내 머리를 쓰다듬으면서 귀여워해 줄 텐데!"

"응, 그건 아빠니까. 나는 귀여워해주지 않아."

"치─. 나는 칭찬을 듣고 쑥쑥 자라는 타입이거든? 그 점을 꼭 기억해줘. 꽃처럼 소중하게 대해줘야 한단 말이야."

"메릴. 그거 알아? 꽃을 피우는 과일은 말이지, 어느 정도 스트레스를 주면서 키워야지만 더 맛있어져."

"어, 진짜?"

"응. 그러니까 나는 메릴을 훌륭한 과일로 키워내기 위해서도 엄하게 대해줄 거야."

안나는 입가에 미소를 지었다.

그러자 위기감을 느꼈는지 메릴은 실실 웃으며 대꾸했다.

"에이, 아냐―. 나는 인간이야."

방금 스스로 발언했던 비유를 즉시 철회하는 메릴. 그때그때 자기 입맛대로 하는 스타일이었다. 그 모습을 본 안나와 엘자는 쓴웃음을 지었다.

"아무튼 그 마법진 말인데요."

엘자는 다시 심각한 목소리로 이야기했다.

"그것을 설치한 사람은, 마법 학교를 습격했던 범인과 동일 인물일까요?"

"증거는 없지만. 그럴 가능성이 꽤 커."

"그럼 또다시 습격을 시도할 염려가 있네요……."

"저기, 있잖아―. 그러면―. 아빠한테 이야기하는 게 좋지 않아? 왜 안나랑 엘자는 이 사실을 아빠한테는 비밀로 하는 거야?"

"""…………."""

메릴의 지적에 두 사람은 말문이 막혔다.

"아빠는 지금 중요한 시기잖아?"

이윽고 안나가 입을 열었다.

"그동안 계속 추구했던 S랭크 모험가의 지위가 이제는 손닿을 정도로 가까이 다가왔으니까. 다른 일로 방해하고 싶지 않아."

"게다가 저희는 지금까지 줄곧 아버님에게 의지만 해왔잖아요. 저희도 가끔은 저희만의 힘으로 사태에 대처해야 한다고 생각해요."

"흐음―. 너희 둘은 이것저것 생각을 많이 하는구나?"

메릴은 감탄한 것처럼 중얼거렸다.

"나는 그냥 아빠한테 의지해도 된다고 생각하는데. 우리가 의지하면, 아빠는 아무리 바빠도 우리를 도와줄 거야."

"어린 시절에는 그래도 괜찮았을지도 모르지만. 이미 우리는 열여덟 살이잖아? 이제 슬슬 자립해야지, 안 그러면 곤란해."

"저도 안나의 의견에 동의합니다. 저희는 더 이상 아이가 아니에요."

"뭐—? 하지만 엘자, 얼마 전에 내가 아빠랑 같이 자기로 했을 때, 자기도 끼워줬으면…… 하고 아쉬워하는 표정을 지었잖아?"

"그, 그건……! 순간적으로 묘한 충동을 느꼈을 뿐이에요……! 저의 나약한 정신이 드러났던 거죠. 좀 더 엄하게 다스리지 않으면…… ."

엘자는 자책하는 것처럼 주먹을 꽉 쥐고 있었다.

메릴은 고개를 갸웃거리며 이야기했다.

"저기, 난 너희 둘이 무슨 말을 하는 건지 모르겠어—."

"무엇을 모르겠는데?"

"우리가 더 이상 아이가 아니라는 거. 우리가 몇 살이 되어도, 아빠한테 우리는 여전히 아이일 텐데. 안 그래?"

메릴은 입가에 손가락을 대고 어리둥절한 얼굴로 말했다.

"의지하거나 어리광부리면 안 된다고? 그건 아니지 않아?"

안나와 엘자는 허를 찔린 듯한 표정을 지었다. 설마 메릴이 이렇게 진지한 의견을 내놓을 줄은 몰랐다.

"……그래도 지금은 아빠가 자기 자신에게 집중했으면 좋겠어. 안 그래도 우리를 키워주느라 자기 시간을 다 빼앗겼잖아."

안나의 말에 엘자는 고개를 크게 위아래로 끄덕거렸다.

그 말을 들은 메릴은 킥킥 웃었다.

"너희 둘은 정말로 어리광을 부릴 줄 모르는구나ㅡ. 좀 더 나를 본받는 게 어때?"

# 제28화

마침내 이날이 왔다.

내가 레지나와 함께 수행하러 간 토벌 임무를 마치고 돌아왔을 때.

접수처에서 맞이해준 안나가 웃는 얼굴로 이렇게 말했다.

"아빠. 축하해. 이번 임무를 달성함으로써 S랭크 승격 조건을 충족시켰어. 최고위 모험가로 올라가는 티켓을 손에 넣은 거야."

그 말을 들었는데도 여전히 나는 꿈을 꾸는 듯한 기분이었다.

내가 S랭크 모험가가 된다니…….

모험가가 됐을 때부터 계속 추구해왔던 꿈.

그것이 이제는 이루어질 것 같았다.

"카이젤 씨! 소식은 들었어요! 축하합니다! S랭크 모험가 자격을 얻다니, 정말 굉장해요!"

펑! 하고 메마른 파열음이 들려왔다.

그쪽을 봤더니 접수원 모니카가 폭죽을 터뜨리고 있었다. 생글생글 웃으면서, 마치 축제라도 즐기는 것처럼 흥분한 모습이었다.

주변에 있던 모험가들이 그 말을 듣고 술렁거렸다.

"카이젤 씨가 S랭크가 된다고……?!"

"진짜? 예전부터 높은 랭크의 임무를 가볍게 해치우는 엄청난 인간이라고 생각은 했는데……. 설마 S랭크가 되어버릴 줄이야."

"이 도시에서는 엘자 기사단장님에 이어서 두 번째 아니야?"

모험가들은 내 곁으로 다가오더니 일제히 축하 인사를 해줬다.

"카이젤 씨. 축하합니다!"

"이거 참, 우리도 당신을 본받아야겠어."

"하하하. 고마워."

그렇게 대답하면서도 왠지 부끄러워졌다.

"와―. 정말 경사 났네요. 오늘은 일은 하지 말고, 카이젤 씨의 S랭크 기념 파티를 열죠!"

"모니카. 그건 당신이 놀고 싶어서 그러는 거잖아? 안 돼. 아직 우리는 할 일이 잔뜩 쌓여 있으니까."

"아아, 싫어요―! 매일매일 일만 하고! 저도 휴가를 내고 잘생긴 남자와 데이트하면서 유혹의 말 한마디라도 듣고 싶어요!"

"……나 참. 어쩔 수 없네."

"네?! 와, 쉽게 해주시는 거예요?"

기대감으로 눈을 반짝반짝 빛내는 모니카.

안나는 그런 모니카를 벽 근처로 몰아넣었다. 그리고 오른손으로 벽을 탁 짚어 퇴로를 차단한 뒤, 모니카의 작은 턱을 붙잡아 올렸다.

"안나는 말이지. 오늘 당신을 집에 보내주지 않을 거야."

"그렇게 유혹하는 척하면서 억지로 야근시키지 마세요! 죽어도 싫어요! 무슨 일이 있어도 저는 정시 퇴근을 할 거예요!"

그런 두 사람의 실랑이를 본 주변의 모험가들은 큰 소리로 웃었다.

상사와 부하. 사이가 좋아 보여서 참 다행이다.

……그렇게 말하면 틀림없이 모니카는 "아니에요! 이건 직장 상사가 부하를 괴롭히는 겁니다!"라고 대꾸할 테지만. 제삼자가 보기에는 그냥 친하게 노는 것이었다.

"이봐. 승격 이야기나 계속해봐."

레지나가 더는 못 참고 이야기를 재촉했다.

"꼭 설명해야 하는 내용이 있을 텐데."

"아, 응. 맞아. 아빠. S랭크 승격에 관한 이야기인데."

"응?"

"A랭크까지는 이 길드 내에서 승격 처리를 할 수 있지만, S랭크는 모험가 길드 본부에 가야만 해."

"본부? 아테레 시에 있던가?"

"맞아, 아빠. 이 왕도에서는 마차를 타고 꼬박 하루쯤 가야 하는 곳이야. 그 도시에 있는 본부에서 개최되는 수여식에 출석해야 해. 안 그러면 인가받을 수 없어."

"그리고 그 수여식은 1년 중 일정한 날에만 개최된다고 알고 있어. 모험가 길드의 관습과 관련이 있다고 했던가."

그렇게 레지나가 안나에게 확인하듯이 말했다.

"응, 실은 그래. 그러니까 그 시기를 놓치면 1년을 기다려야 하는 거야. 뭔가 의미가 있었을 텐데, 지금은 그 의미를 정확히 알고 있는 사람은 본부에도 거의 없다고 해. 요컨대 형식만 남아버린 거지."

안나는 기막히다는 듯이 어깨를 으쓱했다.

"나 참, 관습이란 것은 정말 성가시다니까. 당장 철폐하면 좋을 텐데."

"그럼 실제로 내가 S랭크 자격을 손에 넣으려면 앞으로도 꽤 오래 기다려야 한다는 거네. 그 시기인지 뭔지가 될 때까지 기다려야 하니까."

"아니, 그렇지도 않아."

"뭐?"

"마침 그 시기가 내일모레이거든. 그러니까 내일 왕도에서 출발하면 문제없이 그쪽에서 수여식을 개최해줄 거야."

마치 완벽하게 계산한 듯한 타이밍이었다.

"뭐, 실은 아빠가 S랭크를 목표로 노력하기 시작했을 때부터, 내가 그 수여식 날짜에 맞춰 임무 스케줄을 조절해왔던 거지만."

그동안 안나가 잘 처리해줬었나 보다.

정말 꼼꼼하구나.

"나한테 미리 말을 해주지 그랬어?"

"아빠에게 쓸데없는 부담을 주고 싶진 않았어. 기한을 지나치게 의식하느라 임무에 집중하지 못하게 된다면 곤란하잖아?"

그런 배려까지 해줬던 모양이다.

"그러니까 아빠. 내일 출발하는 거, 괜찮지?"

"응. 그럼 그 준비를 부탁할게."

"좋아, 나한테 맡겨."

안나는 윙크하더니 엄지를 척 치켜세웠다.

"레지나 씨, 당신은?"

"응?"

"당신도 S랭크 승격 조건은 옛날에 충족시켰잖아?"

"……어, 그래. 모처럼 좋은 기회니까. 나도 S랭크로 승격해볼까. 지위에 특별히 관심이 있는 것은 아니지만."

"응, 레지나 씨가 신경 썼던 것은 타이밍이었지. 아빠와 같이 승격하는 순간을 계속 기다려왔던 것 같은데."

"무, 무슨 소리야? 나는 기다린 적 없……."

"아니, 그렇잖아? 승격 자격은 3년 전부터 갖췄으면서. 당신은 계속 고집스럽게 승격을 안 하고 버텼잖아."

"난 그저 나와 동격――아니, 그 이상으로 실력 있는 이 녀석보다도 먼저 S랭크의 자격을 획득한다는 것에 대해, 스스로 납득하지 못했을 뿐이라……."

"아, 네. 츤데레 씨."

안나는 레지나의 변명을 가볍게 넘겨버렸다.

"때로는 자기 마음을 솔직히 표현하는 것이 더 귀여울 거야."

"……이봐. 넌 나보다 나이도 어리잖아?"

"나이가 많든 적든 간에, 나는 내 생각을 솔직히 말로 표현하는 타입이야. 레지나 씨. 당신도 그런 사람이잖아?"

안나는 레지나를 시험하듯이 그런 이야기를 했다.

"그런데 당신은 나를 부정하는 거야?"

"──쳇."

반박할 말이 없나 보다. 레지나는 혀를 찼다.

그야말로 찍소리도 못 하게 된 것이다.

"어휴. 레지나 씨. 그렇게 혀를 차면 안 돼. 버릇없잖아?"

"네가 내 보호자냐?!"

두 사람은 완전히 허물없는 사이가 된 것 같았다.

옛 동료와 사랑하는 딸이 티격태격하는 장면을 바라보면서, 나는 그동안 흘러간 시간이 얼마나 긴지 생각하며 감개에 젖었다.

# 제29화

그날 밤.

딸들은 자기 집 거실에서 서로 대면하고 있었다.

카이젤은 부재중이었다.

S랭크 승격 소식을 들은 마법 학교 동료들이 카이젤을 불렀기 때문에, 레지나와 함께 술집으로 술 마시러 간 것이다.

은밀한 이야기를 하고 싶은 딸들에게는 절호의 기회였다.

"위험한 상황이야."

그렇게 말을 꺼낸 사람은 안나였다.

"설마 새로운 전송 마법진이 발견될 줄이야······. 얼마 전의 그 사건이 있었으니까, 그 주변은 전체적으로 수색을 했었는데요."

"놓친 것이 있었던 거야?"

"아뇨. 마법진이 확인된 곳은, 이전에 저희가 이미 탐색했던 장소였어요. 그 후 새로 설치됐다고 생각해야 할 겁니다."

오늘 엘자는 도시 바깥을 순회하다가 전송 마법진을 발견했다고 보고했다.

그것은 이전에 사이클롭스 군단이 전송된 것과 같은 마법진이었다. 엘자는 왕도로 돌아오자마자 즉시 안나에게 보고했다.

그 이야기를 들은 안나는 메릴에게 조사를 의뢰했다.

"이런 단기간에 신규 마법진을 설치하다니. 모험가들한테서도 '왕도 주변에서 수상한 인물을 봤다'는 보고는 받지 못했는데."

"메릴. 그 전송 마법진은 해제할 수 있을 것 같나요?"

"으음─. 확인해봤는데, 저번보다 복잡한 술식으로 되어 있었어. 하루나 이틀로는 좀 어려울지도 몰라. 사흘 정도는 걸릴 거야."

메릴은 손가락을 뺨에 대면서 말했다.

"아니, 애초에. 그렇게 엄청난 규모의 마법진을 이런 단기간에 설치했다는 것이 놀라워. 내가 해도 무지무지 힘든 작업인데. 그런 거."

"메릴이 그렇게 말할 정도예요? 그것참 놀랍네요."

"아. 물론 내가 더 똑똑한 천재지만. 알지?"

메릴은 그것만은 양보할 수 없다는 듯이 단호하게 말했다.

"그런데 뭔가 우리를 시험하려는 듯한 느낌이 들어─. 일부러 해제 난이도를 조절하는 것 같은 느낌이랄까."

"어쨌든 그냥 내버려 둘 수는 없어. 이전처럼 마물이 전송되어 온다면 큰일이 날 테니까."

"나도 내일부터 해제 작업을 시작할 거야─."

"그럼 저는 메릴을 호위하겠습니다."

"응, 둘 다 잘 부탁해."

안나가 그렇게 말하자, 메릴이 입을 열었다.

"있잖아. 역시 아빠와 한번 상담해보는 게 좋지 않을까? 아빠라면 그런 전송 마법진도 해제할 수 있을지도 몰라."

"안 돼. 아빠는 내일 아침부터 모험가 길드 본부로 떠나야 하니까. S랭크 수여식 참가 절차도 밟아놨어."

안나는 타이르듯이 손가락을 곧게 세우면서 말했다.

"지금 이 시기를 놓치면, 다음에 S랭크로 올라가기 위해서는 1년을 더 기다려야 해. 아빠의 꿈이 그만큼 멀어진단 말이야."

"맞아요. 아버님께 말씀드리면 틀림없이 승격도 포기하고 저희를 도와주실 겁니다. 그렇기에 아버님께 의지할 수는 없어요."

엘자가 가슴에 손을 얹고 중얼거렸다.

안나가 이야기했다.

"게다가 아빠는 옛날에 그런 말을 했어. 자신의 마법은 자기류라고. 그래서 마법진 해제 같은 전문적인 작업은 잘 못한다고."

"아―. 맞아, 그러고 보니 그랬지."

메릴이 문득 기억난 것처럼 중얼거렸다.

"아빠는 뭐든지 다 잘하는 줄 알았어―."

"저도 그런 이미지를 가지고 있어요."

"어, 아무튼. 아빠도 내일모레는 수여식을 마치고 이쪽으로 돌아올 테니까. 그때까지만 아무 일도 일어나지 않으면 괜찮아."

안나는 그들을 안심시키려는 것처럼 일부러 가벼운 말투로 말했다.

"일단 내일부터는 마법진 해제 작업을 시작하자. 메릴. 엘자. 아빠가 없는 동안에 잘 부탁할게."

"오케이―."

"네, 맡겨주세요."

엘자와 메릴은 결의에 찬 표정으로 고개를 끄덕거렸다.

# 제30화

다음 날 아침.

나는 레지나와 함께 모험가 길드의 본부가 있는 도시——아테레로 가는 마차에 타려고 했다.

"아빠. 레지나 씨. 조심해서 다녀와."

배웅하러 온 안나가 그렇게 말했다.

"그리고 내가 들은 이야기가 있는데. 본부 사람은 '시간 엄수'를 엄청나게 중시한대. 그러니까 수여식에 지각하거나 결석하면, 승격하지 못할 수도 있어……."

"알았어. 명심할게."

나는 안나의 말에 고개를 끄덕였다.

"아빠. 여행 선물 잊지 마♪"

"메릴……. 당신은, 정말……."

메릴이 어리광을 부리자, 그걸 본 엘자는 이마를 짚었다.

"걱정 마. 잊지 않고 너희들 모두에게 줄 선물을 사 올게."

"나리. 슬슬 출발합시다."

남자 마부가 그렇게 말을 걸었다.

나는 레지나와 함께 마차 짐칸에 올라타려고 했다.

그런데 그때.

"아, 맞다. 레지나 씨. 이거 받아."

안나는 품속에서 뭔가를 꺼내 레지나에게 내밀었다.

그것은──편지처럼 보였다.

"흠. 이게 뭐냐?"

"에이, 일단 그냥 받아봐. 여기서 출발한 다음에 읽었으면 좋겠어. ──참, 거기 적혀 있는 내용은 아빠한테는 비밀이야, 알았지?"

"뭐? 나한테는 비밀이라고⋯⋯?"

대체 무슨 일이지?

레지나는 수상하다는 듯이 안나의 얼굴을 뚫어져라 봤다.

안나는 속마음을 알 수 없는 태연한 표정이었다.

"⋯⋯흥. 뭐, 그래. 일단 받아줄게."

레지나는 마지못해 안나의 손에 들린 편지지를 받았다.

"고마워♪ 그럼 잘 부탁해."

안나는 그렇게 말하더니 우리를 향해 가볍게 손을 흔들었다.

"둘 다 잘 다녀와."

딸들의 전송을 받으면서 우리의 마차는 출발했다.

짐칸 창문을 통해서 뒤쪽으로 흘러가는 도로의 풍경을 바라봤다. 문득 옆을 보니, 레지나가 좀 전에 받았던 편지를 읽고 있었다.

"⋯⋯흥. 그렇군."

그것을 다 읽은 레지나는 미소를 짓고 있었다.

"뭐라고 적혀 있어?"

은근슬쩍 내용을 캐내려고 했다.

"네 딸이 하는 말, 못 들었어? 너한테는 비밀이라고 했잖아."

"하지만 신경 쓰이는걸."

"네가 어린애냐? 엄청 솔직하게 말하네."

"아, 제발…… . 힌트라도 줘."

"큭큭큭. 지금부터 S랭크 모험가가 되려고 하는 녀석의 체면이 말이 아니구나. 가끔은 우위에 서는 것도 나쁘지 않은데?"

레지나는 입가에 손을 대고 즐겁게 웃고 있었다.

"하지만 그걸 말해줄 수는 없어. 나는 입이 무거운 여자라서. 네 딸과 한번 한 약속은, 이행할 의무가 있어."

안 되나……? 아니 뭐, 나도 안 될 거 같았지만.

레지나는 이래 보여도 의리 있는 녀석이니까. 비밀로 하겠다고 한번 약속하면, 무슨 일이 있어도 비밀은 누설하지 않는다.

"그런데 설마 지금 와서 S랭크가 될 수 있을 줄이야."

창밖을 바라보면서 문득 그런 말을 중얼거렸다.

"그 시절에 이미 포기했었던 꿈이 이런 식으로 이루어질 거라고는 생각도 못 했어. 에트라나 다른 친구들이 이 소식을 들으면 어떤 표정을 지을까."

옛 동료들과 함께 보냈던 나날을 회상했다.

"지금 그 녀석들은 뭐 하고 살까?"

"글쎄. 난 네가 왕도를 떠난 이후로는 그 녀석들과는 연락을 안 했어. 하지만 그 녀석들은 생명력이 장난 아니니까. 잘 지내고 있을 테지."

"그러면 좋을 텐데."

"뭐야. 갑자기 과거가 그리워진 거야?"

"아니, 실은 안나한테 그런 말을 들었거든. 레지나와 함께 임무를 수행하러 다니기 시작한 다음부터 내가 마치 청춘을 즐기고 있는 것 같다고."

그 말을 하다 보니 저절로 표정이 풀어졌다.

"돌이켜보면 확실히 그 시절은 청춘이었던 것 같아. 딴 데 한눈을 팔지도 않고 오로지 강해지려고 애쓰기만 했거든."

"……그랬지."

레지나가 조그맣게 맞장구를 쳤다.

"나도 너와 함께 싸우는 나날은 충실했었다. 최근에는 지루함을 달래려고 술을 마시는 일도 줄었어."

"건강하게 살게 되어서 참 다행이다."

"큭큭. 웃기는 소리 하지 마. 술독에 빠져 사는 것보다는, 마물과 사투를 벌이는 것이 훨씬 더 건강하지 못한 생활이잖아?"

"하하하. 듣고 보니 그 말이 맞네."

술을 아무리 마셔도 당장 죽지는 않는데, 마물과의 싸움은 즉사할 위험성이 있다. 차라리 계속 술을 마시는 것이 신체적으로는 더 건강할 것이다.

"하지만. 그러면 살아 있다는 실감을 느낄 수 없어. 안식의 나날 속에서는."

레지나는 자기 가슴에 댄 손을 꽉 움켜쥐었다.

"지금 나는 살아 있다는 실감을 느낄 수 있어. 혼자 싸웠던 때는 느낄 수 없었던 짜릿한 감각. ……카이젤."

"응?"

"S랭크로 승격하면, 지금보다 더 강력한 마물과 싸울 수 있다. 너와 함께라면 보람찬 나날을 보낼 수 있을 거야."

"──그래."

그러면서 창밖을 바라봤다. 그런데 그때.

쿠우우웅…….

커다란 땅 울림이 발생하면서 마차가 흔들렸다.

남자 마부가 부리는 말이 갑자기 높은 소리로 울었다.

"지진인가? ──아니, 이건……."

흔들림이 가라앉은 후, 나는 마차의 휘장을 걷고 바깥을 내다봤다.

머리 위의 하늘에서 대량의 새들이 날아가고 있었다.

잠시 후 도로의 왼쪽──평원이 있는 방향에서 마물들이 이쪽으로 몰려왔다.

무리 지어 습격해오는 건가?

나는 경계하면서 허리에 찬 칼의 칼자루에 손을 댔는데, 마물들은 마차에는 전혀 눈길도 주지 않고 일심불란 어디론가 달려갔다.

마치 뭔가를 피해 도망치는 것처럼.

"……평원 쪽에서 무슨 일이라도 생겼나?"

"아마도 마물이 출현한 거겠지. 이전에 나타났던 사이클롭스 무리처럼. 돌연 그 자리에 전송된 거야."

"그걸 어떻게 알아?"

"편지에 적혀 있었거든. 네 딸이 준 편지."

레지나는 안나에게서 받은 편지를 들어서 보여줬다.

"저번에 우리가 싸웠던 사이클롭스 군단은 전송 마법으로 소환된 것이고, 이번에 또 다른 마법진이 발견됐다고 해."

그 말을 듣고 깜짝 놀랐다.

"나는 처음 듣는 정보인데."

우리 딸들이 나에게는 비밀로 했던 건가?

도대체 왜?

아니, 그보다 중요한 것은…….

"그렇다면 방금 그 땅 울림은 전송 마법진이 발동된 결과인가?"

"그럴 가능성이 크겠지."

그 사이클롭스 군단과 같은──아니, 어쩌면 그보다 더 강력한 마물이 왕도를 습격하려고 한단 말인가.

"그럼 당장 애들이 있는 곳으로 달려가야──."

휙.

나는 짐칸 좌석에서 일어나려고 했는데, 그때 내 목에 칼이 들어왔다. 희미하게 빛나는 칼끝. 그 앞에서 나는 무심코 숨을 들이켰다.

"……레지나. 뭐 하는 거야?"

"너를 이대로 돌아가게 놔둘 수는 없어. 카이젤. 너는 나와 함께 아테레 시로 가야 해."

"웃기지 마. 우리 딸들이 위험할지도 몰라."

"이것이 바로 그 딸들의 소망인데, 그걸 알면서도 돌아갈 거야?"

"……뭐라고?"

"네 딸들이 나에게 부탁했다. 네가 딸들 곁으로 돌아가려고 한다면, 그때는 어떻게든 막아 달라고."

레지나의 얼굴을 바라봤다.

레지나는 거짓말을 하는 성격이 아니었다.

그것은 그 누구보다도 오랫동안 함께 지낸 내가 잘 안다.

"대체 왜? 왜 그런 것을 부탁할 필요가 있지?"

위기 상황인데.

사람이 많으면 많을수록 좋을 텐데.

"……넌 모르겠어?"

모르겠다.

레지나는 한숨을 쉬고 나서 말했다.

"네 딸들은, 네가 네 꿈을 이루기를 바라기 때문이야."

"——!"

레지나의 말을 들은 순간, 숨이 막혔다.

내—— 꿈을?

"더 이상 우리들 때문에 뭔가를 포기하지 않았으면 좋겠다. 우리를 키우기 위해 한 번은 S랭크의 꿈을 포기했던 것처럼. 혹시나 마물이 나타나더라도, 우리가 어떻게든 잘 처리할 테니까. 아빠는 우리한테 신경 쓰지 말고 자신의 꿈을 이루어줬으면 좋겠다.

……그런 메시지를 전해 달라고, 그 편지에 적혀 있었어."

"………."

나도 모르게 말문이 막혀버렸다.

그 아이들이 그런 생각을 하고 있었던 건가.

그래서 전송 마법진을 발견했다는 사실도 나에게는 보고하지 않았던 건가.

나를 귀찮게 만들 것 같아서.

내 꿈에 방해가 될 거라고 생각해서.

아니, 무슨 소리를 하는 거야.

그런 것은──.

그런 것은, 신경 쓸 필요도 없는데.

──더 이상 우리 때문에 뭔가를 포기하지 않았으면 좋겠다.

나는 우리 딸들에게 그런 생각을 하게 만들었던 건가. 부모로서 나란 인간이 얼마나 한심한지, 기가 막혀서 정신이 아득해질 정도였다.

그게 아니야. 그게 아니라고.

우리 딸들은 큰 오해를 하고 있었다.

나는 너희들을 키우기 위해 뭔가를 포기한 것이──.

"레지나. 비켜줘."

나는 굳게 결심하고 그렇게 중얼거렸다.

"나는 우리 딸들이 있는 곳으로 가야 해."

"……이봐. 내 이야기 들었어? 네 딸들은 올 필요 없다고 말했다고. S랭크 모험가가 된다는 꿈을 이루었으면 좋겠다고 했다니까."

"응, 그래."

"여기서 네가 뒤로 돌아 딸들 곁으로 돌아간다고 해보자. 그러면 우선 수여식에는 제때 참여할 수 없어. 귀한 기회를 놓치는 거야."

"그렇겠지."

"어쩌면 두 번 다시 S랭크가 될 수 없을지도 몰라."

"응, 그럴지도 몰라."

"그래도 상관없다는 거냐?"

"그래."

나는 아무런 망설임 없이 고개를 끄덕였다.

"나는 S랭크가 되지 못해도 상관없어."

"──웃기지 마!"

도저히 못 참겠다는 듯이.

레지나는 내 말을 듣자마자 거칠게 소리를 질렀다.

"너는 그동안 쭉 S랭크 모험가를 목표로 삼았잖아?! 그걸 위해서 내내 위험한 임무를 수행하러 가서 싸운 거잖아!"

"응."

"오랫동안 계속 추구해왔던 것을 왜 그렇게 간단히 포기하는 거야?! 너한테는 그 S랭크 모험가가 된다는 꿈이, 겨우 그 정도밖에 안 되는 거였어?! ……우리와 함께 치열하게 살아왔던 그 나날들이 고작 그 정도밖에 안 되는 거였냐고!"

레지나는 얼굴을 일그러뜨리면서 빈정거리듯이 그런 말을 쏟아냈다. 내 안에 있는 감정을 뒤흔들려는 것처럼.

그러나──.

내 마음은 잔잔한 바다처럼 평온했다.

"레지나. 너에게도 이야기한 적이 있을 텐데. 나는 부모님이 마물에게 살해됐기 때문에 모험가가 되기로 했어. 강해지면 소중한 것을 빼앗기지 않을 수 있을 것이다. 내가 지키고 싶은 것을 지킬 능력이 생길 테니까. 고아였던 나는 뭔가 확고한 것을 가지고 싶었어. 그것이 S랭크 모험가가 되는 것이었고."

"…………."

"난 드디어 확고한 것을 찾아냈어. 지키고 싶은 것을 찾아냈어. 그러니까 내 꿈은 이미 이루어진 거야."

내 목숨과 맞바꿔서라도 반드시 지키고 싶은 것.

나에게 그것은 바로 세 명의 딸들이었다.

S랭크 자격을 잃어버리는 것쯤은, 그 아이들에 비하면 사소한 것이었다.

"……웃기지 마. 웃기지 말라고. 그게 뭐야!"

레지나는 피가 몰릴 정도로 주먹을 꽉 쥐면서 신음하듯이 소리를 질렀다.

"……나는 그동안 쭉 과거로 돌아가고 싶었어. 네가 사라진 다음부터는, 너와 함께 싸웠던 기억만 더듬고 있었어. 그것은 나한테는 둘도 없이 소중한 시간이었으니까. 너와 함께 검을 휘둘렀던 그 시간 동안에만 나는 나로서 존재할 수 있었어."

"…………."

"나는 앞으로도 계속 너와 같이 토벌 임무를 수행하고 싶어. 너와 같이 S랭크로 승격해서, 날마다 싸움만 생각하면서 살아가고 싶어."

"고마워. 네가 그렇게 말해줘서 기뻐."

나는 레지나의 말에 그렇게 대답했다.

그리고 그녀를 일깨워주듯이 이야기를 계속했다.

"하지만 그럴 수는 없어. 나에게는 이미 지켜야 할 대상이 생겼거든. 옛날처럼 싸움만 생각하면서 살아갈 수는 없어."

나는 옛 동료에게 고했다.

"레지나. 나의 청춘 시대는 이미 끝났어."

"……!"

레지나의 얼굴이 심하게 일그러졌다.

상처받은 것처럼. 당장이라도 울음을 터뜨릴 것처럼.

그런 표정을 짓고 있었다.

"……카이젤. 네 검술 실력은 녹슬지 않았어. 하지만 그 시절에 비하면, 완전히 한심한 얼간이가 되어버렸구나."

"……그래, 그럴지도 몰라."

어떻게 하면 인간은 어른이 될 수 있는 걸까.

그동안 나로서는 알 수 없었다.

세 딸의 부모가 되고 나서도 내 마음은 여전히 젊은 시절과 똑

같았기 때문이다.

그러나──.

지금 이 순간, 나는 자신이 어른이 됐다는 것을 확실하게 이해했다.

무언가를 포기하는 것.

그것이 틀림없이 어른이 된다는 것이리라.

"레지나, 너는 이대로 모험가 길드 본부로 가서 수여식에 참석해. 나는 우리 딸들을 도와주러 돌아갈 거야."

나는 짐칸 좌석에서 일어났다. 휘장을 열어젖히고 밖으로 나갔다.

마부에게 사정을 설명한 뒤, 마물들이 몰려온 방향을 향해 달리기 시작했다.

레지나는 나를 막으려고 하지 않았다. 그저 힘없이 고개를 숙인 채, 떠나가는 내 모습을 마차 짐칸에서 지켜보고 있었다.

# 제31화

레지나는 어린 시절부터 항상 자신이 제일 강하다고 믿어 의심치 않았다.

그리고 그것은 사실이었다.

검을 쥔 레지나는 그 누구에게도 지지 않았다.

목숨을 건 사투를 통해서만 그녀는 자신이 살아 있음을 실감할 수 있었다.

그런데——.

살면서 단 한 번, 자기보다 더 강하다고 인정한 남자가 있었다.

카이젤.

18년 전, 신출내기 모험가였던 그 녀석은 왕도의 검술 대회에서 레지나와 대치해 압승을 거뒀다.

계속 같은 파티의 멤버로서 자신의 등을 맡기고 싸워왔으므로 잘 알게 되었다.

그 녀석의 실력은 상상을 초월할 정도였다.

그런 카이젤과 같이 싸울 때 레지나는 즐거웠다. 자신과 같은——아니, 그 이상의 실력자와 목숨을 건 대결을 한다.

이런 나날이 쭉 이어지면 좋겠다고 생각했다.

목숨이 다하는 순간까지.

하지만 그 행복한 시간은 돌연 중단되고 말았다.

그날.

카이젤은 혼자 임무를 수행하러 갔다.

카이젤 이외의 파티 멤버들은 다른 임무 때문에 외출했고, 그 녀석은 왕도에서 휴양하라는 지시를 받았었다.

그러나 그 녀석은 너무 착한 사람이었다.

인력이 부족해서 힘들다는 길드 여자 접수원의 이야기를 듣고, 자기 혼자서 와이번 토벌 임무를 수행하러 떠난 것이다.

그 결과——그 녀석은 왕도에서 쫓겨나게 되었다.

파티 멤버에게도 아무 말도 안 하고 사라져버렸다.

소문에 의하면 갓난아이를 맡아 키울 거라고 말했다고 한다.

카이젤 같은 실력자가 검사의 길을 포기한다는 것도 용납할 수 없었고, 육아에 힘쓴다는 그 이유도 용납하기 어려웠다.

그리고 세월이 흘러——.

카이젤을 제치고 사상 최연소로 S랭크 모험가가 된 사람이 있다는 소식을 들었을 때. 레지나는 분노했다.

그 젊은 처녀가 카이젤의 딸이라는 사실을 알았을 때는 더더욱.

그 녀석은 도대체 얼마나 굉장한 실력자인 걸까.

자기 눈으로 직접 확인해야겠다고 생각했다.

레지나는 S랭크가 되는 것 따위에는 관심은 없었다.

그녀는 단지 카이젤과 같이 싸우고 싶었을 뿐이다.

그러나——.

그 카이젤은 자신보다도 딸들을 선택했다.

자신의 청춘은 끝났다고 말했다.

그것이 견딜 수 없을 정도로 슬펐다.

과거의 카이젤은 정말 유별난 녀석이었다.

강해진다. 오로지 그 목적만을 위해 검을 휘둘렀다.

자신과 동류라고 생각했다.

이 세상에 단 하나뿐인 동류.

하지만 그 녀석은 가족이 생긴 이후로 변해버렸다.

"카이젤⋯⋯. 넌 정말 구제 불능인 얼간이야."

마차 짐칸에 혼자 남은 레지나는 허공을 향해 그렇게 중얼거렸
다. 위를 쳐다보지 않으면, 울컥 치밀어 오르는 뭔가에 짓눌려 부
서질 것 같았다.

# 제32화

설마 오늘 마법진이 작동할 줄이야——.

마치 일부러 노린 듯한 타이밍이다. 엘자는 그렇게 생각했다.

아버님이 자리를 비운 이 시기에 적이 출현하다니.

마법진에서 소환된 마물은 딱 한 마리였다.

그러나——.

그 한 마리가 상상을 초월하는 강적이었다.

전송 마법진에서 나타난 것은 사이클롭스 군단 따위와는 비교가 안 되는 것이었다. 거의 재해라고 불릴 만한 상대.

머리가 여덟 개인 거대한 뱀 마물——히드라.

이전에 토벌했던 에인션트 드래곤보다 더 나을지언정 못하진 않은 강적이었다.

그놈이 왕도에 침공하려고 하자, 기사단과 모험가와 마법 학교 강사가 맞서 싸웠다.

그러나 그놈을 간신히 붙잡아놓는 것이 고작이었다.

히드라는 독 입김을 뿜어낸다. 그것이 닿은 곳은 순식간에 썩어 문드러진다. 우왕좌왕 도망치는 자들은 아비규환 상태가 되어 있었다.

엘자는 스스로 용기를 내어 히드라를 향해 돌진했다.

히드라의 각 대가리가 반격을 개시했다. 엘자는 그중 하나의 물어뜯기 공격을 피하고, 옆에서 붕 날아오는 또 다른 대가리를 피한 다음에 도약했다.

"——하아아아앗!"

일섬——.

그녀가 휘두른 검은 히드라의 머리 하나를 날려버렸다.

"와, 해냈다. 역시 엘자 기사단장님은 굉장해!"

기사들이 환호성을 질렀다.

——아니, 실패했다.

그 직후에 머리가 날아갔던 히드라의 절단면에서 또다시 새로운 머리가 생겨났다. 아무 일도 없었던 것처럼 재생된 것이다.

"엘자! 히드라는 생명력이 강하니까 머리 하나를 베어봤자 금방 재생되어버려. 머리들을 전부 동시에 베어야 해!"

지원하기 위해 후방에서 대기하고 있는 안나가 소리를 질렀다.

한 마리를 해치우는 것도 힘든데, 그것을 전부 동시에 하라고……?

너무나 어려운 요구라서 기가 꺾일 것 같았다.

하지만 어떻게든 해야 한다.

우리만의 힘으로 왕도를 지킬 수 있다는 사실을 증명하기 위해서.

"그럼 내 마법으로 단번에 잘라버릴게!"

메릴이 바람 마법——윈드 커터를 연속으로 발사했다.

그렇다. 마법을 사용한다면, 원거리에서 한꺼번에 모든 머리를 없애버릴 수 있을지도 모른다.

——그러나 그놈은 이쪽의 예상을 뛰어넘었다.

히드라의 머리를 꿰뚫으려고 했던 바람의 칼날은 그 몸뚱이에 닿자마자 사라져버렸다. 마치 거품이 탁 터지는 것처럼 허무하게.

"아앗?! 말도 안 돼—!"

"저 히드라는 마법 내성이 있나 봐."

일이 그리 쉽게 풀리지는 않으려나 보다.

그런데 현자라고 칭송받을 정도로 위대한 마법사인 메릴의 공격소차도 이토록 간단히 막히다니……

그러는 동안에도 히드라는 계속 전진하려고 했다. 그 앞길을 막는 기사단과 모험가들을 차례차례 해치우면서.

"흐이익! 아, 안 돼! 너무 강해……!"

"이런 녀석을 어떻게 이겨?!"

전의를 상실한 모험가 중에는 달아나는 자들도 있었다.

——큰일 났다. 사기가 저하됐다.

이대로 가다가는 철저히 유린당하기만 할 것이다.

어쩌면 좋을까? 그 답은 정해져 있었다. 저 녀석을 쓰러뜨리는 것 말고는 다른 방법이 없었다. 단번에 저 여덟 개의 머리를 잘라내면 두 번 다시 재생하지 못할 것이다.

무조건 해야 한다.

그것이 아무리 위험한 일이어도.

"이야아아앗!"

각오를 다진 엘자는 히드라를 향해 돌진하기 시작했다.

"엘자?!"

"지금 돌격하는 것은 위험해!"

안나와 메릴이 큰 소리로 제지했다.

위험하다는 것은 잘 알고 있었다.

그러나 반드시 해야만 한다.

아버님과 레지나 씨가 부재중인 지금, 왕도를 지키고자 한다면.

히드라의 여덟 개의 머리가 노골적으로 적의를 드러냈다.

그중 한 놈의 물어뜯기 공격을 피하고 그 목을 잘랐다. 이어서 덮쳐오는 머리도 잇따라 재빨리 베어냈다.

"굉장해요! 엘자 기사단장님!"

"이거 성공하는 거 아냐?!"

기사들이 기세 좋게 환성을 질렀다.

그러나──거기까지가 한계였다.

히드라가 뱉어낸 독 입김을 피하기 위해 엘자는 옆으로 뛰었다. 그러자 마치 기다렸다는 듯이 그곳으로 날아온 또 다른 머리가 엘자를 정확히 후려쳤다.

"크윽……?!"

물수제비뜨듯이 튕겨 날아가는 엘자.

평원에 우뚝 솟은 바위산에 쾅 부딪쳐서 힘없이 고개를 숙였다.

히드라의 머리들이 그런 엘자의 주위를 둘러쌌다.

"위험해! 엘자를 구해야 해……!"

"아니, 하지만 내 마법은 안 통하는걸……. 어쩌지……? 저기─. 기사단과 모험가들이 구하러 가줘!"

"말도 안 돼! 적이 독 입김을 뿜으면 한꺼번에 몰살될 거야!"

주변 사람들의 목소리가 어렴풋이 들렸다.

──일어나야 해.

하지만 몸이 자기 마음대로 움직여지지 않았다.

흐릿한 시야 속에서 히드라의 머리들이 혀를 날름거리고 있는 것이 보였다.

아마 이대로 자신은 살해될 것이다.

……역시 무리였던 걸지도 모른다.

자기들끼리 왕도를 지킨다는 것은.

아버님은 지금쯤 마차를 타고 가는 중일까.

무사히 S랭크로 승격되시면 좋을 텐데. 우리를 기르느라 포기했던 꿈을, 부디 이번에는 이루셨기를.

히드라들이 이를 드러내면서 덮쳐왔다.

아아──.

아버님, 저는 이제──.

엘자는 곧 닥쳐올 고통을 예상하면서 눈을 감았다. 바로 그때.

탕!

요란한 소리가 울려 퍼졌다.

엘자는 그것이 자신의 경추가 박살나는 소리라고 생각했다.

그러나.

……어라?

아무리 기다려도 고통이 닥쳐오지 않았다.

눈을 떠봤다.

발밑에는 잘린 히드라의 머리가 떨어져 있었다.

어……?

고개를 들었다.

흐려진 시야 속에서 커다란 뒷모습이 보였다.

그것은 어린 시절부터 끊임없이 엘자가 보아왔던 뒷모습.

멀고도 거대했다.

그녀를 계속 지켜줬던, 그녀가 동경하는 뒷모습.

"아버님……?!"

엘자는 자신이 꿈을 꾸는 줄 알았다.

죽기 직전에 보는 풍경.

그런데 카이젤은 뒤를 돌아보더니 엘자를 향해 웃었다. 엘자의 어린 시절부터 항상 그녀를 안심시켜줬던 다정한 미소였다.

"엘자. ──늦지 않아서 다행이다."

그 말을, 그 미소를 접한 순간. 가슴속에 품었던 불안과 절망이 사라져갔다. 마음속 깊은 곳에서 안도감이 피어났다.

아아. 틀림없다.

지금 눈앞에 있는 아버님은 진짜 아버님이다.

# 제33화

마차에서 내린 후, 저쪽에서 도망쳐온 마물들과는 반대 방향으로 평원을 내달렸다. 맹독으로 훼손된 지대를 쭉 달려갔더니 그곳에 히드라가 있었다.

그리고──내 딸들도 있었다.

아슬아슬한 순간에 뛰어들어 구해줄 수 있었다.

"아빠?!"

"와─! 아빠가 왔다─!"

안나와 메릴이 놀라서 큰 소리를 냈다.

"카이젤 님! 카이젤 님이 도와주러 오셨다!"

"카이젤 선생님!"

기사단 멤버들과 마법 학교 학생들이 환호성을 질렀다.

엘자가 멍한 표정으로 중얼거렸다.

"아버님. 어째서 여기에……?"

"그 이야기는 나중에 하고. 우선 이 녀석부터 해치우자."

나는 엘자를 돌아보고 그쪽으로 손을 내밀었다.

"엘자. 어때, 일어설 수 있어?"

"네, 괘, 괜찮아요."

내민 손을 붙잡고 엘자가 일어났다.

나는 주위의 아군들에게 말했다.

"히드라에 대한 공격은 나와 엘자가 한다! 그러니까 기사단과 모험가들과 학생들은 히드라의 주의를 끌어줘!"

"카이젤! 양동작전이라면 이 노먼에게 맡겨라!"

"저희가 적의 빈틈을 만들게요!"

마법 학교 동료——노먼과 이레네가 대답했다.

"우리도 질 수는 없죠! 엘자 단장님과 카이젤 씨를 엄호합시다! 여기서 활약하면 엘자 단장님의 마음도 빼앗을 수 있을 테고. 으흐흐……."

기사단의 나탈리가 기세 좋게 소리를 질렀다.

기사단 녀석들도 분발하여 우렁차게 포효했다.

"놀라워……! 아빠가 오니까 단번에 아군 전체의 사기가 올라갔어……!"

안나가 얼떨떨한 표정으로 중얼거렸다.

"나도 아빠를 도와줄 거야♪"

메릴이 기운차게 히드라를 향해 마법을 발사했다. 그 뒤를 잇는 것처럼 마법 학교 사람들도 연달아 마법을 발사하기 시작했다.

히드라의 관심이 그쪽으로 쏠렸다.

"모두가 저 녀석의 주의를 끌어주고 있어. 지금이 기회야. 엘자, 좀 더 싸울 수 있어?" 하고 나는 큰딸에게 물어봤다.

"——네. 물론이죠!"

"훌륭한 대답이야. 자, 가자."

"아빠! 히드라는 한 마리씩 쓰러뜨려봤자 금방 재생하는 마물이야! 여덟 개의 머리를 거의 동시에 베어야 해!"

"……나 참. 성가신 적이군."

나는 쓴웃음을 지었다. 그리고 엘자와 함께 달리기 시작했다.

히드라의 품속에 파고들어서 검을 휘둘러 그놈의 머리를 벴다. 이어서 또 다른 머리를. 재빨리 연속으로 나머지 머리를 베려고 했다.

"우와, 굉장해! 완전히 히드라를 압도하고 있어!"

"저 정도면 성공할지도 몰라!"

──아냐, 안 돼.

나머지 머리를 다 베어버리기도 전에, 먼저 잘라낸 머리가 재생되는 것이었다. 새로 돋아난 머리가 나를 잡아먹으려고 달려들었다.

"아버님! 위험해요!"

"아, 이런."

몸을 뒤로 빼면서 그 머리를 피했다.

그놈은 조금 전까지 내가 있었던 공간을 통째로 베어 물었다. 판단이 조금만 늦었어도, 지금쯤 물어 뜯겨서 내 온몸의 뼈가 산산이 부서졌을 것이다.

이놈을 꼼짝 못 하게 만드는 것은 가능했지만──결판이 나지 않았다.

이대로 가다가는 점점 힘들어질 것이다.

이놈의 머리를 한꺼번에 베고 싶어도, 나와 엘자 둘만 있으면 아무래도 인력이 부족했다.

하다못해 한 명 더. 비슷한 역량을 가진 검사가 있다면.

히드라의 목을 한꺼번에 벨 수 있을 텐데.

그러나 레지나는 지금쯤 아테레 시로 가고 있을 것이다. 여기 없는 전력을 생각해봤자 사태는 전혀 호전되지 않는다.

──하는 수 없지. 여기서는 위험을 무릅쓰는 수밖에 없다.

적을 유도해서 일제 공격을 퍼붓게 하고, 그 공격을 종이 한 장 차이로 피하면서 뛰어들어 단번에 그 숨통을 끊는다. 실패하면 즉시 치명상을 입게 되는 양날의 칼 같은 전법이었다.

사느냐, 죽느냐 하는 도박.

그러나 현재로서는 그것 말고는 적을 해치울 수단이 생각나지 않았다.

"자, 덤벼라──얼마든지 반격해주마!"

나는 앞으로 나서서 히드라의 일제 공격을 받아내려고 했다.

──그 순간.

세찬 바람이 뒤에서 확 불어왔다.

풍압의 탄환이라고 표현해야 할까. 그것은 히드라의 머리를 차례차례 꿰뚫었다. 비명을 지르는 적의 머리들이 협동성을 잃고 제멋대로 움직였다.

이것은──바람 마법?

메릴이나 마법 학교 사람들이 엄호해준 건가?

아니, 아니다.

히드라에게 마법 공격은 안 통한다.

마법 이외의 방법으로 이런 곡예를 펼칠 수 있는 인간은, 나는 한 명밖에 모른다――.

"너답지 않네. 네가 급하게 결판을 내려고 무모한 판단을 내리다니. 역시 아버지가 되고 나서 감이 떨어진 거 아냐?"

"……네가 올 줄 알았으면 이렇게 위험한 도박은 안 했을 거야"

나는 내 옆에 나란히 선 그녀를 힐끗 봤다.

자신의 키만큼 길쭉한 대검을 손에 들고 자신만만하게 웃고 있는 여성.

그것은 나의 옛 동료이자, 예정대로라면 마차를 타고 S랭크 모험가 승격 의식에 참여하러 가야 했을 인물. 레지나였다.

# 제34화

——결국 나도 그 녀석과 똑같아.

레지나는 속으로 혼잣말을 했다.

——S랭크 모험가가 된다는 것에는 아무런 관심도 없었다. 난 그저 카이젤과 같이 싸우고 싶었을 뿐이다.

그래서 S랭크 승격 기회를 걷어찰 때는 전혀 망설이지 않았다.

마차에서 뛰쳐나와 카이젤의 뒤를 쫓아갔다.

"레지나. 와줘서 고마워."

옆에 서 있는 카이젤이 말했다.

"나와 엘자와 네가 다 모이면, 히드라의 숨통을 끊을 수 있을 거야."

"……흥."

그냥 나와 너만 있어도 충분하다——는 말을 레지나는 속으로 삼켰다. 왠지 자기 혼자 정색하는 것 같아서.

"자, 다른 사람들은 계속해서 히드라에 대한 양동작전을 진행해줘!"

카이젤이 그렇게 이야기하자, 기사단과 모험가와 마법 학교 사람들이 이에 응했다. 그 모습을 보고 저절로 혀를 찰 뻔했다.

——과거의 이 녀석이었다면 그런 짓은 안 했을 것이다.

남에게 의지하는 짓 따위는.

오로지 자기 자신의 힘만 믿었을 것이다.

243

정말로 모든 것이 변해버렸구나.

레지나는 카이젤 일행과 함께 움직이기 시작했다.

머리가 여덟 개 달린 히드라가 덤벼들었다. 종횡무진으로 덮쳐 오는 적들을 엘자가 능숙하게 처리했다.

"……호."

그 광경을 본 레지나는 저도 모르게 감탄의 한숨을 흘렸다.

엘자는 이전보다 더욱 날쌔게 움직이고 있었다.

아마도 피나는 단련을 계속해왔을 것이다.

대단하구나.

과연 S랭크 모험가라는 칭호는 거저 얻은 것이 아닌가 보다.

……물론 이런 말을 직접 해주지는 않을 거지만.

그런데 그보다 더 레지나를 놀라게 한 것은 카이젤이었다.

──뭐야?! 저 움직임은……!

그의 몸놀림은 극도로 잘 연마된 검처럼 군더더기가 없었고.

칼놀림은 날카롭고 힘이 넘쳤다.

이전에 카이젤과 칼싸움을 했던 때나, 지금까지 몇 번이나 토벌 임무를 수행하러 갔을 때보다도 훨씬 더 훌륭한 움직임이었다.

마치 자기 자신의 한계를 초월한 것처럼──.

이유가 뭐지?

도대체 무엇이 저 녀석을 저렇게 움직이게 만드는 거지?

문득 떠오른 의문은, 싸우고 있는 그 녀석의 눈동자에 깃든 빛 을 본 순간 저절로 풀렸다.

아아, 그렇구나——.

저 녀석은 지키려고 하는 것이었다. 자신의 딸을.

자신의 꿈까지 포기하고 선택한 대상을.

나는 카이젤이 가족을 얻음으로써 얼간이가 되었다고 생각했다.

싸우기 위한 엄니가 빠져버렸다고 생각했다.

하지만 그 인식은 잘못된 것이었다.

눈앞에서 펼쳐지는 전투를 보고 이해했다.

저 녀석은 옛날보다 훨씬 더 강해졌다.

함께 파티 멤버로 활동했던 때보다도 더.

그것은 틀림없이 지켜야 할 대상이 존재하기 때문일 것이다.

그 시절의 우리는 그저 자기 자신을 위해서만 싸웠다. 하지만 지금의 카이젤은 소중한 딸들을 위해서 싸우고 있었다.

그런가——.

인간은 지켜야 할 대상을 위해서라면 이토록 강해질 수 있는 것인가.

서로 믿고 맡겼던 카이젤의 등이, 이제는 딸들을 지키기 위해 존재하고 있었다.

……그것은 옛날보다 훨씬 더 크고, 아득히 멀어 보였다.

저 녀석이 딸들에게 품고 있는 감정.

저 녀석을 강하게 만들어주는 것.

그것은 아마도 일반적으로는 애정이라고 불리는 것이리라.

레지나는 문득 그런 생각을 했다.

──나는 지금까지 한 번이라도 그런 감정을 맛본 적이 있었을
까? 누군가에게 애정이라고 할 만한 감정을 품어본 적이…….

잃어버리고 싶지 않다고, 지키고 싶다고 생각한 대상이.

……있었다.

딱 하나, 살아 있어서 즐겁다고 생각한 시간.

그게 바로 지금이었다.

카이젤과 함께 사느냐 죽느냐 하는 사투를 벌이는 시간.

그러니까──.

그 녀석이 딸들을 지키기 위해서 싸운다면, 나는 그런 너를 잃
어버리지 않도록 지키기 위해서 이 검을 쥘 것이다.

그것이 나에게는 삶의 이유가 되니까.

"엘자! 레지나! 단번에 박살내자!"

"네! 아버님!"

"……그래."

레지나는 카이젤, 엘자와 함께 히드라를 향해 달리기 시작했다.

안나의 적확한 지시에 따라 배치된 기사단, 모험가들, 마법 학
교 학생들의 공격이 히드라의 주의를 분산시키고 있었다.

메릴이 발사한 상급 마법이 히드라의 몸통에 직격했다.

마법 내성을 능가할 정도의 위력. 적의 몸이 뒤로 젖혀졌다.

결정적인 허점이 노출됐다.

완벽하게 똑같은 타이밍에 히드라의 여덟 개의 머리를 벤다──
그런 놀라운 곡예도, 이 세 사람에게는 쉬운 일이었다.

레지나는 카이젤과 오랫동안 같이 지낸 사이였다.

카이젤의 호흡은 너무나도 익숙했다.

그리고 그것은, 딸인 엘자도 마찬가지였다.

""""하아아아아앗!""""

세 사람이 휘두른 검은 히드라의 머리를 단숨에 베어버렸다.

# 제35화

히드라는 단말마의 비명을 지르더니 그 자리에 풀썩 쓰러졌다.

여덟 개의 머리를 동시에 베어냄으로써 그 절단면은 재생이 되지 않았고, 히드라의 거체는 빛의 가루로 변해서 허공에 녹아 사라졌다.

"……일단 무사히 토벌한 것 같구나."

히드라의 소멸을 끝까지 지켜보고 나서.

휴 하고 내가 숨을 내쉬면서 칼을 칼집에 집어넣은 순간.

주위에 있던 기사단, 모험가들, 마법 학교 학생들이 환호성을 질렀다.

"아빠. 고생했어."

안나가 내 곁으로 다가왔다.

"안나, 너도 잘했어. 동료들에게 적확한 지시를 내려줬잖아."

안나가 지휘하지 않았더라면, 히드라에 대한 양동작전은 성공하지 못했을 것이다.

"아빠―. 멋있었어―♪ 나 완전히 반해버렸어 ♪" 하고 메릴이 내 허리를 꼭 끌어안았다.

"메릴, 너도 잘했어. 고마워. 덕분에 살았어."

"에헤헤―. 더 많이 칭찬해줘―."

내가 머리를 쓰다듬어주자, 메릴은 녹아내릴 듯한 표정을 지었다.

"……아버님. 왜 돌아오신 거죠?"

그런 말을 꺼낸 사람은 엘자였다.

엘자의 표정은 심각했다.

"······안나가 레지나 씨에게 전언 편지를 건네줬을 텐데요. 그런데 왜 수여식에 참가하러 가지 않으신 겁니까?"

"왕도가 위기에 처했잖아. 한가하게 수여식에나 갈 만한 상황이 아니지."

"하지만 저희가 어떻게든 잘 처리할 거라고 말씀드렸잖아요. ······물론 결과적으로는, 아버님의 도움 없이는 사태를 해결할 수 없었지만요."

엘자는 분하다는 듯이 주먹을 꽉 쥐고 말했다.

"이러다가는 아버님이 모처럼 얻은 S랭크 자격을 잃어버릴 거예요."

"지금이라면 아직 괜찮을지도 몰라. 서둘러 가면 안 늦을 수도 있어. 사정을 설명하면, 본부 사람들도 이해해줄지도 모르고."

안나가 문득 생각난 것처럼 손가락을 곧게 세우면서 덧붙였다.

"아, 그래, 여차하면 나의 길드 마스터 권력을 행사해서──."

"아냐, 됐어."

나는 그렇게 말했다.

"S랭크 모험가는 안 돼도 돼."

"""?!"""

딸들은 충격으로 얼빠진 표정을 지었다.

"하, 하지만, S랭크가 되는 것은 어린 시절부터 아버님이 꿈꿨던 것이잖아요?! ……저희를 배려하시느라 그렇게 말씀하시는 거죠?"

엘자가 머뭇거리면서 그렇게 물어봤다.

"제가 못났기 때문에 이번에도 또 아버님의 꿈을 빼앗고 말았어요……. 어린 시절에도 그랬듯이, 두 번이나……."

엘자의 말에 안나와 메릴도 고개를 푹 숙였다.

모두 난처한 표정을 짓고 있었다.

"너희들은 뭔가 오해를 한 것 같구나."

"……네? 그게 무슨 말씀이신가요?"

고개를 든 엘자가 그렇게 질문했다.

나는 엘자를 보고 웃으면서 이야기했다.

"내가 S랭크가 되고 싶다고 생각한 것은, 나한테는 아무것도 없었기 때문이야. 언젠가 소중한 것이 생겼을 때 그것을 지킬 힘을 가지고 싶었어. 하지만 현재의 나에게는, 그런 지위는 더 이상 전혀 중요하지 않아. ……그 이유가 뭔지 알겠니?"

내 질문에 딸들은 어리둥절한 표정을 지었다.

나는 그런 딸들의 머리 위에 손을 올려놓으면서 말했다.

"나는 이미 소중한 것을 발견했기 때문이야. 내 목숨을 바쳐서라도 반드시 지키고 싶다고 생각하는 존재를."

"그건 도대체……?"

"바로 너희들이야."

나는 이야기했다.

"나에게 너희들은, S랭크 모험가가 되는 것보다 훨씬 더 중요하고 가치 있는 존재야."

'게다가' 하고 엘자에게 말을 걸었다.

"S랭크가 된다는 꿈은 엘자, 네가 나 대신 이루었잖아. 딸의 꿈이 이루어지는 것은, 나 자신의 꿈이 이루어지는 것보다 더 기뻐."

"아버님……."

"너희는 내가 너희를 키우느라 자신의 꿈을 포기했다고 생각할지도 모르지만, 그것은 큰 오해야."

나는 이야기했다.

"너희가 나에게 새로운 꿈을 준 거야."

"새로운 꿈?"

"응. 엘자. 안나. 메릴. 너희가 자신의 꿈을 이루어 행복해지는 모습을 지켜보는 것이, 현재의 내 꿈이야."

"아빠……."

"그러니까 나는 한 번도 자신의 선택을 후회해본 적은 없어."

그날 내 딸들을 주웠을 때 나는 속으로 결심했다.

이 아이들을 잘 키우겠다고.

내가 구하지 못했던 마을 사람들 몫까지, 이 아이들을 행복하게 해주겠다고.

그 선택을 후회하지 않는다.

내가 우리 딸들을 키우기 위해 바쳤던 시간이 쓸모없는 것이었다고는 생각하지 않는다. 그것은 나에게도 둘도 없이 소중한 것이었으므로.

나는 이쪽으로 뛰어온 딸들을 와락 끌어안았다. 지금 이곳에 존재하는 따뜻함. 그것은 S랭크로 승격하는 것보다 훨씬 더 중요했다.

그 누구도 빼앗게 놔두지 않을 것이다.

앞으로도 반드시 지킬 것이다.

"자. 슬슬 돌아갈까. 저녁 시간이다."


우리는 자택으로 돌아왔다.

내일부터는 사후 조사가 시작돼서 바빠질 것이다.

그래도 오늘 하루 정도는 느긋하게 가족끼리 행복한 시간을 보내도 될 것이다.

저녁밥을 먹고 나서 목욕을 했다.

자, 그럼 편안하게 잠을 자볼까──라고 생각했을 때.

"아빠. 같이 자자♪"

메릴이 평소처럼 나에게 어리광을 부리기 시작했다.

"메릴. 너는 늘 변함없이 어리광쟁이구나."

"아빠가 S랭크가 되지 않는다면, 우리랑 같이 있는 시간도 늘어나잖아? 그동안 부족했던 것을 도로 채워야지─."

"나 참. 하는 수 없네."

나는 쓴웃음을 지으면서도 결국 승낙하고 말았다.

"후후. 그럼 오늘은 나도 아빠와 같이 잘까?"

──뭐?

안나가 그런 말을 꺼내는 바람에 나는 깜짝 놀랐다.

"신기하네. 웬일이야?"

"그냥 가끔은 스스럼없이 어리광을 부려볼까─ 하는 생각이 들어서. 메릴을 본받아서."

안나는 그렇게 말하더니 귀엽게 윙크했다.

"에헤헤─. 맞아, 그거야─. 어리광은 부릴 수 있을 때 부려야 해."

메릴이 행복하게 헤실헤실 웃으면서 이야기했다.

"엘자, 너는 어쩔래─?"

"저, 저요?"

"다 함께 아빠랑 같이 자자─♪"

"아, 아니, 하지만……."

"어휴─. 엘자는 정말 어리광을 못 부리는구나─?"

메릴이 기막히다는 듯이 말했다.

"때로는 과감하게 어리광을 부려도 누구한테 혼나진 않거든? 이렇게 어리광을 부릴 수 있는 것도 우리 가족인 아빠밖에 없고─."

"메릴. 아무리 그래도 너는 좀 어리광이 심한 편이야."

"에헷♪"

메릴은 콩! 하고 자기 이마를 살짝 때리면서 혀를 쏙 내밀었다. 전혀 개선할 생각이 없나 보다.

"…………."

엘자는 망설이는 태도로 나를 응시했다.

얼굴을 붉히고 꼼지락거렸다.

이윽고 그녀는 큰 결심을 한 것처럼 말을 꺼냈다.

"저, 저기요, 아버님. 저…… 저도 같이해도 될까요? ……오늘 하루만 아버님에게 마음껏 어리광을 부리고 싶어요……!"

엘자는 연약한 것을 스스로 멀리하려고 노력해왔다.

어리광을 부리는 것도 그중 하나였다.

그런데 연약한 것을 멀리한다는 것은, 오히려 그것을 원한다는 반증이었다.

엘자는 계속 아버지에게 어리광을 부리고 싶다고 생각했을 것이다.

단, 기사단장으로서의 입장이 그것을 허락하지 않았다.

그러나——.

기사단장이기 이전에 엘자는 내 딸이었다.

딸이 아버지에게 어리광을 부리는 것은 전혀 이상한 일이 아니었다.

그러니까.

"응, 당연히 괜찮지. 얼마든지 어리광을 부려도 돼."

나는 엘자에게 그렇게 말했다.

"엘자는 나의 소중한 딸이니까. 사양할 필요 없어."

"……네!"

기뻐하면서 고개를 끄덕이는 엘자의 표정은 부드러워 보였다. 기사단장이 아니라 딸의 얼굴이었다.

그날 밤.

우리는 다 함께 일렬로 누워서 잤다.

"아버님."

"응? 왜?"

"……계속 저희 곁에 있어주세요. 아버지로서. 또 저에게는 언젠가 뛰어넘어야 할 목표로서, 계속 존재해주세요."

"그래."

나는 어둠 속에서 조용히 중얼거렸다.

"나는 아무 데도 안 갈 거야."

"……아버님. 사랑해요."

조그만 목소리로 그렇게 중얼거리더니, 엘자는 가만히 눈을 감았다.

어린 시절부터 엘자는 내가 사용했던 목검을 껴안고 있지 않으면 잠을 못 이루었다.

왠지 모르게 마음이 안정이 안 된다는 것이었다.

하지만 오늘은 예외적으로 그렇지 않았다.

엘자는 검 대신 내 팔을 꼭 끌어안고 있었다. 평화롭게 잠든 그 얼굴은 무척 행복해 보였다.

# 에필로그

후일.

나는 마릴린의 부름을 받고 마법 학교 교장실로 갔다.

"카이젤. 이번에는 수고가 많았다. ……단, 그러는 바람에 S랭크 모험가가 될 자격을 잃어버렸다고 들었는데."

마릴린 교장 선생님이 안쪽 자리에서 다리를 꼬면서 말했다. 그런데 겉모습이 어린 소녀이다 보니 그럴싸하게 다리를 꼬지는 못했다.

어른 흉내를 내는 어린아이 같았다.

"아니, 저는 괜찮습니다. 더 이상 미련은 없어요."

"뭐, 사실 나로서도 그편이 더 좋지만. 어떠냐? 이번 기회에 정식으로 마법 학교 강사가 되는 것은. 그러면 내가 반드시 후하게 대접해주마."

"감사합니다. 하지만 저는 지금 이대로도 충분합니다. 게다가 저는 딸들과 함께 보내는 시간을 소중히 여기고 싶어요."

"그런가. 아쉽구먼. 하긴, 그대라면 그렇게 말할 줄 알았다."

마릴린은 입꼬리를 비틀며 히죽 웃었다.

"그런데 교장 선생님. 마법진 말입니다만."

"음. 이 왕도로 히드라를 보낸 마법사 말이지?"

그러면서 마릴린은 본론으로 들어갔다.

"그대와 강사들한테서 그 보고를 들었을 때는 나도 깜짝 놀랐다.

재해 수준의 마물을 전송시키다니, 보통 마법사에게는 불가능한 일이야."

재해 수준의 마물을 전송시키려면 적어도 그 마물과 동격의 역량이 필요하다. 안 그러면 마물을 제어할 수 없기 때문이다.

"더구나 메릴이 해제하느라 고생할 정도로 복잡한 마법진을 연성하다니. ──아무래도 어설픈 마법사의 소행은 아닌 듯하구나."

"혹시 짚이는 것은 없으신가요?"

마릴린은 오랫동안 마법 학교 교장으로 군림해왔다.

노먼과 이레네가 학생이었던 시절부터 계속 있었다고 한다.

겉모습은 어린 소녀이지만, 실제 나이는 도대체 몇 살일까.

그런데 그 비밀을 파헤치려고 한 사람은 조용히 매장돼 버렸다는 소문도 있었다.

뭐, 어쨌든 오랫동안 교장으로 일해 온 마릴린이라면, 우수한 마법사에 관한 정보는 나보다 더 많이 알고 있을 것이다.

"흠. 메릴과 어깨를 겨눌 만한 마법사라고 한다면──수많은 마법사를 알고 있는 나로서도, 단 한 명밖에 안 떠오르는군."

"그 한 명이 누굽니까?"

"굳이 물어볼 필요도 없지 않은가?"

마릴린은 그렇게 말했다.

"나보다도 그대가 그 녀석을 더 잘 알 텐데."

마릴린의 말에 나는 위화감을 느꼈다.

그게 무슨 소리지?

어리둥절해진 나에게 마릴린은 다음과 같은 말을 던졌다.

그것은 내 귀를 의심하게 만드는 말이었다.

"──전송 마법진을 만든 사람은 에트라야. 메릴과 마찬가지로 현자라고 불렸던, 과거에는 그대의 동료였던 마법사일세."

그날 아침.

나는 예상외의 사태에 당황했다.

메릴이 안나보다 먼저 일어나 있었다.

아니, 정확히 말하자면.

메릴이 평소보다 일찍 일어난 것이 아니라, 메릴의 기상 시각이 다 됐는데도 안나가 일어나지 않은 것이었다.

신기한 일도 다 있구나.

아직 출근 시간까지는 여유가 있으니까 지각은 안 할 테지만, 슬슬 깨워야겠다 싶어서 나는 안나가 자고 있는 잠자리로 다가갔다.

"안나. 슬슬 일어나야 할 것 같은데."

"으, 응……."

그제야 겨우 안나가 눈을 떴다.

그런데──.

"너 얼굴이 좀 빨간 것 같다……?"

안나의 눈은 부었고 얼굴은 발그레했다. 어쩐지 숨결도 거친 느낌이었다. 목덜미는 땀으로 촉촉하게 젖어 있었다.

"너 혹시 어디 아프니?"

"아니. 괜찮아. 문제없어."

안나는 자기 자신을 다잡는 것처럼 그렇게 중얼거리더니 이불 속에서 몸을 일으켰다. 똑바로 섰을 때 갑자기 균형을 잃고 비틀거렸다.

나는 황급히 안나 곁으로 달려가 그녀를 받쳐줬다.

이마에 손바닥을 대봤다.

"아, 뜨겁네……. 역시 열이 나잖아?"

아무리 긍정적으로 봐도 열이 나는 게 확실했다.

"안나. 오늘은 출근하지 말고 쉬는 것이 좋겠다."

"……그럴 수는 없어. 해야 할 일이 산더미같이 많은걸. 게다가 내가 없으면 길드가 제대로 돌아가지 않아."

그렇게 말하더니 안나는 내 손을 뿌리치고 걸으려고 했다.

그러나 나는 안나의 팔을 붙잡아 세웠다.

"안 돼. 너를 가게 내버려 둘 수 없어."

나는 안나에게 그렇게 말했다.

"일은 다른 직원에게 맡기면 되잖아."

"어, 하지만……."

"안나. 네가 혼자서 무리하지 않으면 제대로 안 돌아가는 직장이라면, 그것은 직장에 문제가 있는 거야. 네가 신경 쓸 필요는 없어."

'게다가' 하고 나는 말을 덧붙였다.

"만에 하나라도 다른 직원에게 병을 옮기기라도 하면 큰일 나잖아. 안 그래도 지금 할 일이 많은데 인력까지 부족해지면 완전히 끝장나는 거 아냐?"

"…………."

안나는 합리적인 인간이다.

자신이 무리해서 출근했을 경우의 위험성을 파악한 다음에 정확히 결단을 내릴 줄 아는 냉정한 사람이다.

그래서 안나는 한숨을 쉬더니.

"……알았어. 오늘은 쉴게."

씁쓸하게 웃으면서 체념한 것처럼 말했다.

"내가 직장에다 연락할게. 그 정도는 해도 되지?" 하고 안나가 붉어진 얼굴로 나에게 허락을 구했다.

"응, 그래."

아무리 그래도 결근 연락을 부모인 내가 대신해줄 수는 없었다.

안나는 이미 어엿한 사회인이니까.

그 정도 일은 스스로 잘하고 싶다는 것이리라.

잠시 후 안나가 돌아왔다. 결근 연락을 마쳤나 보다. 여전히 잠옷 차림으로 휴 하고 한숨을 내쉬더니 입을 열었다.

"내가 없어도 그럭저럭 괜찮을 것 같아."

"그래? 다행이구나."

나는 안나를 보면서 미소 지었다.

"아무튼. 오늘은 편히 누워서 쉬어. 최근에는 내내 일만 했잖아? 몸을 쉬게 해줄 좋은 기회야."

"아빠가 그런 말을 해봤자 설득력이 없는걸."

안나는 씁쓸하게 웃었다.

"그러는 아빠는 도대체 얼마나 연속 근무를 하는 건데?"

"아, 하긴" 하고 나도 쓴웃음을 지었다.

"자기 자신은 제쳐놓고 남에게 설교하는 것은 옳지 않지. 그럼 오늘은 나도 쉴까?"

"뭐?"

안나는 어리둥절한 표정을 지었다.

"아빠, 일거리가 있지 않아?"

"있지. 엄청나게 많아. 오늘은 기사단 교관 일이랑, 공주님의 가정교사 일도 있어."

"그런데 아빠가 없어도 되는 거야?"

"아까도 말했잖아? 한 사람만 사라져도 일 전체가 멈춰버린다면, 그것은 직장의 체제 자체에 문제가 있는 거라고."

나는 손가락을 곧게 세우면서 그렇게 일깨워준 다음에 안나를 보고 웃었다.

"우리 딸이 열이 나서 쓰러졌잖아. 그런 딸을 혼자 놔둘 수는 없지. 그리고 만약에 내가 출근하더라도, 걱정돼서 일에 집중을 못 할 거야."

"……후후."

"응? 왜 웃어?"

"아니, 그냥. 아빠는 과보호하는구나― 싶어서."

"뭐, 그렇지. 딸을 걱정하지 않는 아버지는 이 세상에 없어. 딸을 위해서라면 마왕도 쓰러뜨릴 수 있는 것이 아버지라는 존재야."

"꼭 딸을 위해서가 아니더라도 아빠는 마왕을 쓰러뜨릴 수 있을 것 같은데. 아빠는 그 누구보다도 강하고 멋있잖아?"

"안나. 역시 열이 나서 정신이 몽롱해졌구나."

나는 쓴웃음을 지으며 말했다.

"누워서 푹 자. 내가 옆에 있을 테니까."

"……응. 그렇게 할게. 고마워."

안나는 이불 속으로 들어갔다. 그리고 휴 하고 숨을 내쉬었다. 출근하지 않아도 된다고 하니까 긴장이 풀렸나 보다.

나는 안나 옆에 붙어 있었다.

"안나, 너는 늘 너무 긴장하고 있어. 좀 더 주변 사람들에게 의지하거나 어리광을 부려도 돼. 그러면 모두 기뻐할 거야."

"메릴처럼 하라고?"

"그 애는 좀 심하게 의지하는 편이지. 뭐, 사실 안나는 그 정도를 기준으로 삼는 게 나을지도 몰라."

"그런가. 응, 한번 생각해볼게."

안나는 미소를 짓더니 조용히 눈을 감았다. 완전히 안심한 표정이었다. 잠시 후에는 편안히 잠든 숨소리가 들려오기 시작했다.

나는 옆에서 잠자는 안나의 얼굴을 바라봤다.

안나는 어른스럽지만, 이렇게 보니 실제 나이답게 어려 보였다.

평소에는 길드 마스터로서 위엄을 유지하기 위해 늘 긴장하고 있는 것이리라.


엘자와 메릴을 내보내고 나서, 집 청소 등 집안일을 해치우다 보니 어느새 점심시간이 되었다.

나는 이불 속에 누워 있는 안나에게 물어봤다. 안나는 이미 깨어 있었다.

"안나. 음식은 먹을 수 있어?"

"응, 아마도 죽은 괜찮을 것 같아……."

"그렇구나. 식욕이 있다니 다행이다. 그럼 잠깐만 기다려"라고 말한 뒤, 나는 부엌으로 갔다. 그리고 내가 만든 죽을 안나의 머리맡으로 가져갔다.

보리와 감자를 물에 넣고 부드럽게 푹 끓인 죽에서는 구수한 김이 피어오르고 있었다.

나로서도 꽤 자신 있는 음식이었다.

"아빠가 만든 죽. 맛있어 보여."

"맛있어 보이는 게 아니야. 진짜로 맛있어."

내가 그렇게 말하자, 안나는 쿡쿡 웃었다. 그러더니 죽 앞에서 꼼짝하지 않고 가만히 있었다.

"왜 그래? 안 먹어?"

"아빠가 나한테 먹여주기를 기다리는 거야."

"뭐?"

"아까 아빠가 그랬잖아? 좀 더 주변 사람들에게 어리광을 부려도 된다고. 그러니까 오늘 하루는 마음껏 아빠한테 어리광을 부리고 싶어."

안나는 장난스럽게 말했다.

"어때? 괜찮지, 응?"

"……나 참. 어쩔 수 없네."

좀 전에 내가 그런 말을 했으니까. 나로선 그 요구를 들어줄 수밖에 없었다. 이런 것을 보면 확실히 안나는 협상 기술이 뛰어나단 말이지.

"자, 안나. 입 벌려."

나는 숟가락으로 죽을 떠서 안나의 입 쪽으로 가져가려고 했다.

그런데.

"아빠. 나 뜨거운 것은 못 먹는 편이야. 좀 식혀주지 않으면 못 먹어"

안나가 짓궂은 미소를 지으면서 이야기했다.

"나더러 후후 불어서 식혀 달라고 하는 거야?"

"응, 난 환자잖아."

"아니, 환자여도 그 정도는 스스로 할 수 있지 않나……?"

나는 숟가락의 죽을 식혀준 다음에 "자, 아―" 하고 안나의 입으로 가져갔다.

이번에는 드디어 안나가 순순히 죽을 받아먹었다.

"어때. 맛은 괜찮아?"

"완벽해. 당장 식당을 차려도 될 것 같은데?"

"더 이상 내 일거리를 늘리지 마."

안 그래도 한계까지 일하고 있는데.

아무튼 식욕 자체는 있나 보다. 안나는 죽을 깨끗이 다 먹어 치웠다.

식사를 마친 뒤, 안나는 휴 하고 한숨을 내쉬었다.

"너 땀이 많이 났구나. 옷을 갈아입는 게 좋겠다. 잠깐만 기다려. 갈아입을 옷을 가져올게."

나는 안나의 옷을 가지고 왔다.

"고마워."

안나는 그렇게 말하고 나서,

"하지만 몸이 끈적거려서 우선 샤워부터 하고 싶어."

"너 열이 나잖아. 오늘은 그냥 가볍게 물수건으로 몸을 닦는 게 좋지 않을까?"라고 나는 안나에게 충고하듯이 말했다.

"저기. 아빠. 그럼 아빠가 내 몸을 닦아주면 안 돼?"

"내가?"

"······응. 열이 또 오르는 것 같아서. 내가 직접 하기는 좀······."

안나는 피곤해 보였다.

"어, 나야 상관없는데, 안나, 넌 괜찮아?"

"가족이잖아. 난 신경 안 써."

아, 하긴 그런가.

안나는 단추를 끄르면서 입고 있던 잠옷을 벗었다. 바지도 내리더니, 나에게 등을 보이면서 엎드렸다.

나는 물 묻힌 수건을 안나의 등에 가져다 댔다.

"앗······."

움찔 하면서 안나의 몸이 떨렸다.

"괜찮아?"

"응. 시원해서, 기분 좋아서 그래."

"그렇구나."

땀으로 촉촉하게 젖은 안나의 몸을 정성껏 닦아줬다.

이렇게 보니까 정말 많이 성장했구나.

내가 몸을 다 닦아주자, 안나는 개운한 표정을 지었다.

"자, 이제는 누워서 푹 자."

"아냐. 싫어. 아까워."

"아깝다고?"

안나는 고개를 끄덕이더니 말을 이었다.

"오늘은 모처럼 아빠랑 단둘이 있을 수 있는 날인걸. 그런데 잠을 자면, 그 시간이 그냥 끝나버리잖아?"

"흠, 그래. 요새는 서로 대화를 할 기회도 별로 없었지."

나는 그렇게 말했다.

"하지만 힘들어지면 꼭 누워서 자야 해, 알았지?"

"응. 난 이미 어른이잖아. 무리는 안 해."

안나는 나를 안심시키려는 것처럼 그렇게 말하고 웃었다.

우리는 천천히 이야기를 나누면서 시간을 보냈다.

최근에는 둘 다 일만 하느라 바빠서, 서로 마주 보고 대화할 기회가 전보다 줄어들었으니까. 이렇게 안나와 함께 지내는 시간은 보물처럼 귀중했다.


저녁이 되자 다른 딸들도 집에 돌아왔다.

"안나. 괜찮아요?"

엘자가 걱정스러운 목소리로 말을 걸었다.

"내가 약을 만들었어—. 이것만 먹으면, 아무리 엄청난 병을 앓고 있어도 순식간에 건강해질 거야!"

메릴이 직접 만든 약을 불쑥 내밀었다.

안나는 이부자리에서 상반신만 일으킨 자세로 미소를 지었다. 자신을 걱정해주는 두 자매를 향해서.

"고마워. 덕분에 이제는 완전히 괜찮아졌어."

"하지만 아직 얼굴이 조금 빨개 보이는데요?"

"아직 열이 있는 거 아냐—?"

엘자와 메릴의 질문에 대해 안나는 고개를 가로저었다.

그리고 자기 가슴에 손을 올리더니.

"오늘은 종일 아빠와 함께 있을 수 있었으니까. 열이 있어서가 아니라, 내 마음이 아직도 따뜻해서 그런 거야."

안나는 행복하게 그런 말을 하면서 웃었다.

# 후기

오랜만에 뵙습니다. 토모바시 카메츠입니다.

여러분 덕분에 2권을 발매할 수 있게 되었습니다! 정말 기뻐요!

이번에는 옛 동료와 재회하는 내용이었습니다.

이 이야기의 주제는 제목 그대로 'S랭크 딸들이 심각한 파더 콤플렉스이다!'라는 것이므로, 철저히 아버지와 딸의 관계가 메인입니다. 혹시 다음 권이 나오게 된다면, 계속해서 딸들과 행복하게 잘 지내는 나날을 중점적으로 그려내고 싶다는 소망이 있습니다.

그리고 만화판도 발매가 되었습니다. 부디 그쪽도 한번 읽어봐 주시길 바랍니다! 슈니치 선생님이 그려주신 딸들이 엄청나게 귀여워요!

네, 이제 감사의 말씀을 올리겠습니다. 담당 편집자 H님. 이번에도 신세를 많이 졌습니다!

노조미 츠바메 선생님. 최고로 멋진 일러스트를 그려주셔서 감사합니다!

이 책과 관련된 모든 분에게도 감사드립니다!

그리고 특히 이 책을 읽어주신 당신에게 가장 큰 감사를 드리고 싶어요!

그럼 다음에 또 만나요!

S RANK BOUKENSHYA DE ARU ORE NO MUSUME TACHI WA
JYUUDO NO FATHER COMPLEX DESITA Vol.02
©2020 Kametsu Tomobashi
First published in Japan in 2020 by OVERLAP, Inc.
Korean translation rights reserved by Somy Media, Inc.
Under the license from OVERLAP, Inc., Tokyo JAPAN


**S랭크 모험가인 내 딸들은 심각한 파더콤이었습니다 2**

2021년 05월 15일 1판 1쇄 발행
2022년 01월 15일 1판 2쇄 발행

저　　　자 토모바시 카메츠
일 러 스 트 노조미 츠바메
옮 긴 이 한수진
발 행 인 유재옥
본 부 장 조병권
편 집 1 팀 김혜연 박소연 이준환
편 집 2 팀 박치우 정영길 조찬희 조현진
편 집 3 팀 곽혜민 오준영 이해빈
라이츠담당 이다정 이승희 한주원
디 지 털 박상섭 이성호 최서윤
미　　　술 김보라 박민솔
발 행 처 ㈜소미미디어
인쇄제작처 ㈜코리아피엔피
등　　　록 제2015-000008호
주　　　소 서울시 마포구 토정로222, 403호 (신수동, 한국출판콘텐츠센터)
판　　　매 ㈜소미미디어
마 케 팅 최수아 박종욱
경　　　영 박나리 한민지
전　　　화 (02)567-3388, Fax (02)322-7665

ISBN 979-11-6611-500-4
ISBN 979-11-6611-499-1 (세트)